btb

Buch

Von römischen Gaunern und Carabinieri, mafiösen Film-
regisseuren und schlitzohrigen Photographen oder dem
Leben in kleinen italienischen Badeorten und in Florenz, der
eleganten Hauptstadt der Toskana – hinreißend amüsant
erzählt Mario Adorf seine spannenden und verblüffenden
Geschichten aus Italien. Kennen Sie beispielsweise die
berühmte Photographie vom Einsturz des Campanile von
Venedig aus dem Jahre 1902? Lassen Sie sich überraschen,
was es mit dem Photo wirklich auf sich hat. Wollen Sie in
die todsicheren Verbrechen des Königs der italienischen
Diebe eingeweiht werden? Oder erfahren, wie man den
Papst auf eine kleine Insel im Tyrrhenischen Meer lockt, um
die hiesigen Geschäfte anzukurbeln?
Seit über 30 Jahren lebt Mario Adorf in Italien. Er kennt das
Land wie kaum ein anderer, kennt die Gerüche, Farben und
nicht zuletzt die Menschen dort. In fünfzehn Geschichten
stellt er seine Wahlheimat vor, seine liebenswerten und
weniger liebenswerten Mitbürger. Und so erlebt der Leser
Italien von einer ganz neuen, persönlichen Seite und den
Schauspieler Mario Adorf in der ungewohnten Rolle des
versierten Erzählers.

Autor

Mario Adorf, geboren 1930 in Zürich, verbrachte seine
Kindheit und Jugend in Mayen bei Koblenz, studierte Philo-
logie und Theaterwissenschaften. Von 1953 bis 1955
besuchte er die Otto-Falckenberg-Schule in München und
war bis 1962 an den Münchener Kammerspielen beschäftigt.
Inzwischen hat Mario Adorf über 100 Filme im In- und
Ausland gedreht und Engagements an ungezählten Theater-
bühnen gehabt. Zu seinen wichtigsten Filmen gehören
»Nachts, wenn der Teufel kam«, »Die verlorene Ehre der
Katharina Blum« von Volker Schlöndorff und »Lola« von
Rainer Werner Fassbinder.

Mario Adorf

Der Dieb von Trastevere

Geschichten aus Italien

btb

Umwelthinweis:
Alle bedruckten Materialien dieses Taschenbuches
sind chlorfrei und umweltschonend.

btb Taschenbücher erscheinen im Goldmann Verlag,
einem Unternehmen der Verlagsgruppe Bertelsmann.

1. Auflage
Genehmigte Taschenbuchausgabe Juni 1996
Copyright © 1994 by Kiepenheuer & Witsch, Köln
Umschlaggestaltung: Design Team München
Umschlagfoto: Margot Hammerschmidt
Satz: IBV Satz- und Datentechnik GmbH, Berlin
T.T. · Herstellung: Ludwig Weidenbeck
Made in Germany
ISBN 3-442-72038-9

FÜR PINA

Inhalt

Alle Wege führen…
Eine Einleitung 9
Der Photograph von San Marco 19
Der Besuch 37
Kinomafia – Mafiakino 53
Karriere 53
Der Mafiaboß 61
Das Telefonat 64
Come non detto 68
Der Dieb von Trastevere 75
Rizinus 93
Die zwei Tode des armen Baràbba 103
Das Hochzeitsgeschenk 117
Schweigen 123
Das grüne Hemd 141
Die Untermieter 149
Vor der Landung 159

Alle Wege führen...

EINE EINLEITUNG

Während der Berliner Filmfestspiele 1961 bekam ich einen Anruf aus Rom. In etwas gebrochenem Deutsch meldete sich der Regisseur Luigi Comencini, bekannt geworden durch den Film *Brot, Liebe und Fantasie* und in Italien damals schärfster Konkurrent von Mario Monicelli, dem Regisseur von *Diebe haben's schwer*. Comencini lud mich nach Rom ein, um über eine Mitwirkung in seinem nächsten Film, *Der Ritt auf dem Tiger*, zu sprechen. Ich sagte zu, und zwei Tage später flog ich zum ersten Male nach Rom.

Meine früheren Besuche in der Ewigen Stadt hatten unter dem armseligen Stern des Studentendaseins gestanden: Eisenbahn dritter Klasse, Straßenbahn zur Via Savoia 15, wo damals die Jugendherberge war. Um elf Uhr abends wurde das Tor geschlossen, um Mitternacht ging das Licht aus. Übernachtungspreis 200 Lire, das waren damals, Anfang der fünfziger Jahre, etwa zwei DM, die ich übrigens bei meinem letzten Besuch schuldig blieb, um die Straßenbahn zum Bahnhof Termini bezahlen zu können. Damals hatte ich Rom kennengelernt, wie eben nur ein Student es kennenlernt: zu Fuß. Und es gibt keinen besseren und gründlicheren Weg.

Die frühen fünfziger Jahre in Italien waren, anders als die Jahre des deutschen Wirtschaftswunders, noch harte Nachkriegszeit, die sich filmisch im »Neoverismo« ausdrückte: in kleinen, oft mit wenig Geld gedrehten Schwarzweißfilmen wie *Roma, Citta Aperta* oder *Paisà* und den ersten De-Sica-Filmen und vor allen *Riso Amaro*, im Deutschen mit *Bitterer Reis* übersetzt. Die Doppelbedeutung des Titels ging übrigens in der deutschen Übersetzung leider verloren, denn riso amaro heißt auch bitteres Lachen, und diese zweite Bedeutung sagt sehr viel aus über jene Zeit, jene bittere Zeit, in der dennoch gelacht wurde.

Nun traf ich auf ein ganz anderes Rom. Die Ewige Stadt war wieder einmal aus ihrem Dolce-far-niente-Schlaf aufgewacht, war wieder einmal Mittelpunkt der Welt, zur Abwechslung diesmal auf dem Sektor des Films. Über 250 Spielfilme wurden in jener Zeit pro Jahr gedreht, darunter amerikanische Großproduktionen wie *Ben Hur* oder *Cleopatra*, aber auch der Film, der den sechziger Jahren ihren Namen aufdrückte: Fellinis *La Dolce Vita*. Das bittere Lachen war vergessen. Nach den Jahren der Not wollte man das Leben wieder genießen. Es war in der Tat eine aufregende und sorglose Zeit, in der das Vergnügen als das einzig Wichtige erschien. Und im Rom jener Jahre zu filmen hieß dazuzugehören, hieß, so etwas wie ein Auserwählter zu sein.

Als Comencini mich sah, rief er aus: »O Dio mio! Ich habe Sie mit Gert Fröbe verwechselt.« Ich konterte: »Das macht nichts, Signor Monicelli!« »Touché!« lachte er und stellte mich dann meinem zukünftigen Mitspieler Nino Manfredi, danach den Drehbuchautoren Age & Scarpelli vor, die besten Komödienschreiber des italienischen Films. Ich sprach damals so gut wie kein Italienisch, tat aber so, als verstünde ich jedes Wort, so daß Comencini dachte, ich könnte die Rolle bis zum Drehbeginn leicht auf italienisch einstudieren, man würde sie dann durch einen Italiener nachsynchronisieren lassen. Mir war alles recht.

Ich sagte Comencini zu und nahm mir sofort eine riesige, luxuriöse Mietwohnung im oberen, eleganteren Teil von Trastevere mit zwei Terrassen und drei Bädern.

Natürlich brauchte ich einen Wagen, möglichst einen offenen Sportwagen. Alain Delon rauschte in einem silbernen Ferrari mit einem Wahnsinnstempo durch die engen Gassen, eine glücklich lachende Romy Schneider neben sich. Vor den Nachtclubs standen unzählige offene Flitzer, Ferraris, Maseratis, Lamborghinis, Bizzarrinis, Alfa Romeos, MGs, Jaguars, Austin Healeys, Morgans... Ich lernte einen jungen Deutschen kennen, der wie viele Starlets und Schönlinge nach Rom gekommen war, um hier entdeckt zu werden und die ganz große Karriere zu machen. Bei ihm hatte es wohl nicht so ganz geklappt. Er hatte beschlossen, sein Glück in Hollywood zu versuchen, brauchte dringend einen Käufer für seinen schwarzen Austin Healey 3000 mit roten Ledersitzen und deutschem Nummernschild, um mit dem Erlös sein Flugticket nach Amerika zu bezahlen. Für 1500 Mark könnte ich der neue Besitzer sein, warb er. Sein Angebot interessierte mich. Doch wochenlang hörte ich nichts mehr von ihm und entschloß mich irgendwann zum Kauf eines roten Alfa Romeo Spider. Schon am nächsten Tag traf ich meinen deutschen Austin-Healey-Besitzer auf der Via Veneto. »Da bist du ja, Mario, ich su-

12

che dich die ganze Zeit. Morgen geht mein Flieger nach L. A., und ich brauche das Geld für mein Tikket.« Ich zeigte auf meinen frisch gekauften Alfa und sagte: »Tut mir leid, aber wie du siehst...« Er wurde blaß und stammelte: »Mario, das kannst du mir nicht antun. Ich habe in drei Tagen eine Verabredung mit Elia Kazan für die Hauptrolle in seinem nächsten Film! Du hast es mir versprochen... Ich habe mich auf dich verlassen...!«

So kam es, daß ich innerhalb weniger Tage der Besitzer zweier Sportwagen wurde. Ich gewöhnte mich schnell daran. Wenn ich morgens, in jeder Hand einen Wagenschlüssel, auf den Parkplatz vor dem Haus kam, entschied ich mich ganz nach Laune für Rot oder Schwarz. Langsam kristallisierte sich jedoch eine Vorliebe für den Austin Healey heraus. Er war zwar alt und neigte zu abrupter Befehlsverweigerung, aber ich liebte einfach das tiefe, vibrierende Brummen seines Motors. Frauen nannten es sexy.

Zum Drehbeginn des Films hielt ich es für den richtigen Einstand, ein Fest zu veranstalten. Damals jagte eine Party die andere, manchmal zwei, drei an einem Abend. Man brauchte gar nicht groß eingeladen zu sein. Man mußte nur Charley kennen: Charles Fawcett war ein Amerikaner, ohne Beruf, von dem man munkelte, daß er bei der *CIA* gewesen wäre, und er genoß es, wenn man ihn »The King of Rome« nannte. Er kannte Gott und die Welt, war äußerst großzügig und daher ständig pleite. Da ich noch nicht viele Leute in Rom kannte, lud ich Charley zu meiner Party ein und fügte hinzu, er könne ruhig noch ein paar Freunde mitbringen. Ich ließ Essen und Trinken durch den schicken Partyservice Bernasconi am Largo della Torre Argentina organisieren und lud, mit den römischen Gewohnheiten nicht vertraut, für 20 Uhr ein. Fünf Kellner waren gegen sechs Uhr mit Tischen, Geschirr und einer Tonne feinster Speisen angerückt, hatten alles aufgebaut, die Badewannen in den Bädern waren mit Champagner, in dem dicke Eisbrocken schwammen, angefüllt. Jetzt standen die Kellner däumchendrehend herum, es wurde neun, es wurde zehn Uhr, und kein Mensch erschien, außer ein paar guten Freunden, die für Schallplatten und Lautsprecher gesorgt und mir geholfen hatten, die Wohnung und die Terrassen mit Kerzen, Lampions und Fakkeln zu dekorieren. Allmählich verzweifelte ich. Hatte man meine Party vergessen? »Snobbte« man mich, den unbekannten deutschen Schauspieler? – Gegen Mitternacht hatten sich einige zwanzig Leutchen eingefunden, als plötzlich Charley mit seinen Freunden vor dem Haus eintraf. Fünfzig, sechzig Autos drängten sich unter lautem Gehupe in den Hof und die enge Via dell'Ongaro. Beim ersten Transport nach oben streikte der Lift. Hilferufe. Die Leute im Haus meuterten, wer Humor hatte, durfte mitfeiern. Schließlich waren 150 Gäste in der Wohnung verteilt, und Bernasconi mußte Nachschub herankarren. Die Party dauerte bis sechs Uhr früh, ein Rekord. Ich hatte die Probe bestanden. Am nächsten Tag war ich im Rom des Dolce Vita berühmt; wenn auch nicht als Schauspieler, sondern als Partyschmeißer. Immerhin.

Mit der Schauspielerei hingegen ging es bei weitem nicht so schnell. Luigi Comencinis Film *Der Ritt auf dem Tiger* wurde trotz der glänzenden Besetzung mit Nino Manfredi und Gian Maria Volontè, dem guten Drehbuch und der bissig-humorvollen Regie kein Erfolg. Der Schwarzweißfilm ist heute noch ansehnlich, aber er war wohl durch die ungewohnte Mischung von Komik und Dramatik seiner Zeit voraus. Ich hatte im italienischen Film Blut geleckt, mußte aber, wollte ich nicht reumütig und ruhmlos zum weniger als mittelmäßigen deutschen Film zurückkehren, kleine Brötchen backen. Ich spielte in zwei sehr guten Filmen Antonio Pietrangelis die winzigen, wenn auch profilierten Rollen eines Dorftrottels und eines Preisboxers. Als jedoch endlich das Angebot einer großen Rolle in dem Buñuel-Film *Tagebuch einer Kammerzofe* mit Jeanne Moreau auf mich zukam, wurde mir erklärt, daß ich die Rolle nur spielen könne, wenn ich die italienische Staatsbürgerschaft besäße. Mein italienischer Agent und ich berieten, was zu machen wäre. Seine Idee: Mit meinem italienischen Vater sollte es doch möglich sein, die italienische Staatsbürgerschaft zu erhalten. Es gelang uns auch, sofort einen Termin für das entsprechende Gespräch mit einem hohen Beamten des zuständigen Ministeriums zu bekommen. Mein Agent erklärte unser Anliegen, der Beamte hörte ihn geduldig an, fragte, was für eine Nationalität ich denn besäße, und als ich sagte: »Die deutsche«, faltete er seine Hände wie im Gebet und wedelte sie vor seinem Gesicht in einer sehr italienischen Geste: »Warum? Warum in aller Welt wünschen Sie sich die italienische Staatsangehörigkeit, wenn Sie die *deutsche* haben? – Sind Sie verheiratet?« Ich verneinte. »Wissen Sie, was es bedeutet, Italiener zu sein, wenn Sie heiraten?« Er preßte die Handgelenke zusammen, um eine Fesselung zu demonstrieren. »Sie sind ein Sklave!« rief er, »ein Leben lang an eine ungeliebte Frau gefesselt. In Italien gibt es keine Scheidung!« schrie er. »Es gibt nur die Ungültig-

16

keitserklärung durch die päpstliche *Sacra Rota*, die bekommen Sie aber nur, wenn Sie sehr reich, adelig oder impotent sind! Gehören Sie zu einer dieser privilegierten Gruppen?« Ich mußte verneinen. »Na also!« triumphierte er, »ich könnte Ihnen noch Dutzende anderer Gründe nennen, die es nicht ratsam erscheinen lassen, Italiener zu werden und eine so bevorzugte Nationalität wie die *germanische* aufzugeben.« Wir, mein Agent und ich, sahen uns an. Fast gleichzeitig erhoben wir uns von unseren Stühlen und verabschiedeten uns von unserem temperamentvollen Ratgeber. Wir gaben unser Vorhaben auf, und ich habe folglich jene Filmrolle nicht bekommen, buk noch für einige Jahre kleine Brötchen, bis der Regisseur Renato Castellani mir eine große Rolle neben Sophia Loren und Vittorio Gassman in *Die Übersinnliche* nach einem Theaterstück von Eduardo de Filippo anbot. Nach diesem Film gehörte ich dazu – diesmal auch als Schauspieler.

Nun lebe ich seit über dreißig Jahren in Italien und schmeichle mir, Land und Leute recht gut zu kennen. In dieser langen Zeit haben sich eine Menge Geschichten in meinem Kopf angesammelt, erlebte, gehörte, erfundene, Geschichten, die ich, auch wenn sie nicht nur die Sonnenseite des italienischen Lebens beschreiben, immer als ausgesprochen menschlich empfunden habe. Wenn ich hier nun einige davon aufgeschrieben habe, so deshalb, weil mich eben diese Vorzüge und Schwächen der Italiener interessiert, amüsiert, manchmal auch geärgert und oft gerührt haben.

Der Photograph von San Marco

Wenn man vom Markusplatz kommend über den hölzernen Ponte dell'Accademia den Canale Grande überquert, sich links hält und durch eine lange, schmale Gasse auf den Campo San Polo zugeht, übersieht man leicht einen winzigen Photoladen auf der rechten Straßenseite. In dem kleinen Schaufenster sind einige Photos ausgestellt, ein paar alte Photoapparate und mehrere Venedigbroschüren. Eine davon zeigt auf dem Titelblatt eine alte Photographie, auf der der würdige Campanile von San Marco ganz unwürdig verzerrt, aufgerissen, im Einsturz begriffen dargestellt ist. Neugierig geworden, trat ich eines Tages in den Laden, um jene Broschüre zu erstehen.

So erfuhr ich denn, daß der Campanile, auf den die Venezianer seit über tausend Jahren stolz sind und den sie liebevoll »El parón de casa« nennen, was soviel wie »Herr des Hauses« heißt, und dessen unerschütterliche Festigkeit sie Jahrhunderte lang als Garanten für alle möglichen Versprechen oder gar Verträge benützten, daß also dieser schöne, stolze Turm am 15. Juli 1902, um 9 Uhr 47, eingestürzt war. Ich wunderte mich, daß diese Tatsache so wenig bekannt war. Ich konnte mich nicht erinnern, daß einer der herkömmlichen Touristenführer den Einsturz, der ja doch ein außerordentliches Ereignis in der Geschichte Venedigs gewesen sein mußte, überhaupt erwähnt hätte. Und nicht nur das erschien mir merkwürdig. Ich fragte mich, wie es denn möglich war, daß ein Photograph zu jener Zeit, in der die Photographie noch in den Kinderschuhen steckte, ein solches Sensationsphoto machen konnte. Ich begab mich auf den Markusplatz und versuchte, den Punkt ausfindig zu machen, von dem aus der begabte Photograph jene Aufnahme gemacht haben konnte. Bald stellte ich fest, daß es diesen Punkt nicht gab, nicht geben konnte. Keine Photolinse der damaligen Zeit hätte den Campanile aus dieser Nähe von der Basis bis zur Turmspitze auf die Platte bringen können. Ich war einer Fälschung auf der Spur.

Wenig später saß ich an einem Tisch vor dem Café Florian, trank einen Cappuccino und zeichnete auf der Photographie die Linien ein, die die verschiedenen Teile der »Photomontage«, um die es sich handeln mußte, andeuten sollten. Da hörte ich dicht hinter mir ein freundlich-spöttisches Lachen, und eine Stimme sagte: »Sieh an, sieh an! Wieder einer der Touristen, die jedes Jahr dieses Photo als Fälschung erkennen!« Ich drehte mich um und sah einen sehr alten Mann im weißen Leinenanzug und mit einem breitrandigen Panamahut auf dem faltigen Charakterkopf. Sehr helle, blaue Augen blickten mich freundlich an. »Sie werden sich sicher fragen, warum es nie öffentlich als Fälschung angeprangert wurde«, fuhr er fort, »und warum man in Venedig überhaupt so wenig über den Einsturz des Campanile spricht. Wenn es Sie interessiert, ich kann Ihnen diese Fragen beantworten. – Entschuldigen Sie bitte meine Aufdringlichkeit!« unterbrach er sich, aber er hatte mich schon am Haken. Ich stellte mich vor und erfuhr, daß ich mit einem wahrhaftigen Geschichtsprofessor sprach, seit langen Jahren emeritiert. Der »Professore« lud mich ein, zu ihm hinaufzukommen, er wohne nur »a due passi«, zwei Schritte, von hier.

Wir saßen lange in seiner Bibliothek. Bis auf die Fenster waren alle Wände bis an die kostbar kassettierte Decke mit Regalen voller Bücher bedeckt. Er bot mir ein Gläschen Marsala an, einen süßen bräunlichen Wein, der etwas an Portwein erinnert, und er begann zu erzählen.

Es ist Sonntag, der 13. Juli 1902.

Seit vier Tagen schiebt der Photograph Antonio Baghetto im Morgengrauen sein Wägelchen zum Markusplatz, an die Schmalseite des Platzes gegenüber der Basilika. Er schnallt das Stativ ab, stellt es auf, befestigt seine schwere Görtz-Anschütz auf dem Stativ, hängt das schwarze Tuch über Apparat und Kopf und richtet das Objektiv wie jeden Morgen dieser letzten Tage auf den Campanile. Der Platz ist noch menschenleer, nur die ersten Tauben segeln von ihren Dächern und Firsten auf das Pflaster hinunter und picken die letzten Körner vom Vortag auf.

Seit vier Tagen sind die Gerüchte über den schlechten Zustand des Campanile Gegenstand handfester Streitartikel in der Gazzetta di Venezia und anderen Zeitungen. Für die einen ist der Gedanke, daß der tausend Jahre alte Glockenturm gefährdet sein könnte, eine reine Unmöglichkeit: Für einen echten Venezianer ist nichts so fest, nichts so ewig wie der Campanile. Und jetzt soll er krank sein, hinfällig, baufällig gar?! Nur wegen der paar Risse im Gemäuer? Von denen wurde schon zu Marco Polos Zeiten berichtet. Gibt es doch kaum eine Kirche, einen Palast in Venedig, der nicht irgendwelche Risse aufweist. Doch andere Stimmen werden lauter, die von Statik, Materialermüdung und Senkung der Fundamente reden, wie Ingenieur Torri, der Leiter des Bauamtes, der jeden Tag eine lange Feuerwehrleiter anlegen läßt und selbst besteigt, um die Risse in Augenschein zu nehmen und mit dem Zollstock Veränderungen in der Breite zu messen. Der Stadtrat hat eine Kommission eingesetzt, die nun seit einer Woche ein tägliches Bulletin herausgibt, wie bei einem illustren Kranken. Immer noch stehen die skeptischen Venezianer dabei und machen spöttische Bemerkungen, wenn die Kommission sich wichtigtuerisch zur Besichtigung des »Patienten« begibt.

Antonio Baghetto ist einer der beiden Photographen, die sich seit vielen Jahren das Photographieren der Touristen auf dem Markusplatz teilen. Der andere, Rino Zago, Antonios Konkurrent, hält die Ostseite des Platzes besetzt, postiert seine Kunden auf Verabredung vor die Basilika oder die Loggietta oder mit dem Rücken gegen die Riva dei Schiavoni, so daß man als Hintergrund die beiden Säulen am alten Hafen und in der Mitte dahinter die Insel mit der Kirche San Giorgio Maggiore sieht.

Antonio Baghettos Hauptmotiv für seine Touristenphotos sind hingegen die Basilika mit den vielen Kuppeln und der Campanile. Touristen zu photographieren ist für ihn nur der alltägliche Broterwerb, denn er ist ein Künstler. Sein Vater und Großvater waren Glasbläser in Murano, er, Antonio, ist gelernter Linsenschleifer. Durch diesen Beruf ist er dann zu der neuen Kunst, der Photographie, gekommen. In seiner Freizeit, und das sind die langen Wintermonate, wenn die Touristen und Hochzeitspärchen Venedig fernbleiben, zieht er seinen Wagen durch die Straßen und über die kleinen Brücken und sucht die alten Motive Canalettos. Keinen Maler bewundert Antonio so sehr wie diesen Giovanni Antonio Canal, den schon sein Vater so verehrte, daß er ihm, Antonio, dessen Taufnamen gab. Das Gerücht, daß Canaletto für die Aufrisse seiner in der Tat unglaublich genauen Perspektiven eine Art Camera obscura benutzt hätte, tut Antonios Bewunderung für diesen berühmten Venezianer keinen Abbruch. Ganz im Gegenteil.

Antonio versucht sich auch, und das ist sein Hobby, im Photographieren von Blumen, Vögeln und Insekten, doch ist dies noch brotlose Kunst, auch wenn er heute als ein Pionier der Pflanzen- und Tierphotographie gilt.

Doch der Gedanke, daß der Campanile von San Marco tatsächlich gefährdet sein könnte, hat Antonio Baghetto auf die Idee gebracht, daß er das Ereignis, sollte es eintreten, auf seine Platte bannen müsse. Daher also steht er seit vier Tagen beim ersten Hahnenschrei auf und betet insgeheim, daß, wenn der Einsturz geschähe, dieser nicht während der Nacht erfolgen möge, denn die Nacht war damals noch die Feindin der Photographie.

Sein Konkurrent von der anderen Seite des Platzes, Rino Zago, hat natürlich mitbekommen, daß Antonio seit Tagen von früh bis spät nur den Campanile im Objektiv behält, und lacht sich ins Fäustchen; er läßt sich von dem Gerede um den bevorstehenden Einsturz des Turms nicht ins Bockshorn jagen und fährt fort, mit dem Photographieren von Touristen Geld zu verdienen, und er stellt vergnügt fest, daß die Marotte Antonios ihm, Rino Zago, zusätzliche Kunden beschert, die sich von Antonio vernachlässigt sehen.

Der verbringt wieder den ganzen Sonntag auf seinem Stühlchen hinter seinem Apparat, er schwitzt und flucht auch schon einmal, aber dann wird ihm wieder bewußt, daß er das Unglück eigentlich gar nicht herbeiwünscht. Der Streit um den Campanile ist in diesen letzten Tagen auf seinem Höhepunkt. Die »Campanile-Kommission« hat beschlossen, daß das Läuten der Glocken Venedigs und der Kanonenschuß, der die neunte Stunde ankündigt, für das Wochenende untersagt werden, und auch das angekündigte Konzert der Militärkapelle auf dem Platz darf nicht stattfinden.

Als Antonio Baghetto am nächsten Morgen auf den Markusplatz kommt, bemerkt er eine noch größere Stille als sonst. Es ist nicht das Fehlen des Glockengeläuts an diesem Montagmorgen, er stellt fest, daß nicht eine einzige Taube sich bisher auf dem Platz eingefunden hat. Er fühlt eine seltsame Beklemmung, und sein Herz schlägt die ganze Zeit schneller. Etwas liegt in der Luft. Sollte es wirklich geschehen, sollte der Turm wirklich einstürzen? Antonio merkt, daß seine Beklemmung Angst ist. Er muß sich regelrecht einreden, daß die Entfernung zum fast neunzig Meter hohen Turm doch zu beträchtlich ist, als daß ihn die Trümmer hier erreichen könnten. Antonio hat sich, wie jeden Morgen, eine *Gazzetta* gekauft und liest besorgt die Schlagzeile: *Il Gravissimo Allarme per il Campanile di S. Marco.* Gegen 9 Uhr 30 trifft unter der Führung von Stadtbaumeister Torri und dem Ingenieur Gaspari, dem Polizeichef, ein kleiner Trupp von Feuerwehrmännern und Polizisten ein, der den Platz zum Dogenpalast hin absperrt, denn bis gegen neun Uhr haben sich fast schon tausend Neugierige eingefunden. Kaum ist jedoch die achtzehn Meter hohe Leiter an den Turm gelegt, da rieseln schon kleine Steine und Mörtelschutt aus dem immer breiter klaffenden Spalt. Gaspari läßt seine Leute von der Leiter heruntersteigen. Dann wendet er sich an die Menge, die immer noch nicht glauben will, daß der Turm einstürzen könnte, und sich allzu nahe herangewagt hat. Mit Stentorstimme befiehlt er, daß der Platz geräumt werden müsse. Die Frühstücksgäste vor dem Café Florian werden von besorgten Kellnern gedrängt, ihre Mahlzeit zu beenden. Die Menge der Schaulustigen wird zum oberen Ende des Platzes zurückgedrängt, wo Antonio immer wieder diejenigen, die ihm die Sicht versperren, zur Seite bitten muß. Hat da jemand ans Stativ gestoßen? Schnell wirft sich Antonio noch einmal das schwarze Tuch über den Kopf, zieht die Bildplatte heraus, um zu kontrollieren, ob der Bildausschnitt stimmt, ob die Spitze des Campanile auf der Mattscheibe den unteren Bildrand berührt, denn für Antonio steht ja das Bild auf dem Kopf. Nichts hat sich verändert. Schnell schiebt Antonio die Platte in den Apparat, und sein Kopf taucht wiederum neben der Kamera auf.

Die Stille wird allmählich gespenstisch. Jetzt sieht man sogar von hier aus deutlich den großen Riß oben im Turm, aus dem jetzt unaufhörlich Steinchen und Staub herunterrieseln.

Um 9 Uhr 47 ist es soweit: Ein unterirdisches Donnergrollen läßt den Platz erbeben. Antonios Hand hält die kleine Gummipumpe, die den Linsenverschluß öffnet, bereit, sie im richtigen Augenblick zu drücken. In diesem Augenblick ertönt ein langer Schrei der Menge:

Die Mitte des Turms dehnt sich wie eine aufgeblasene Flasche immer weiter in die Breite, dann schwankt das Turmdach zwei-, dreimal hin und her, hängt für einen Augenblick schief wie ein Clownshut, unter dem ungleichen Gewicht brechen die Säulchen vor dem Glockenstuhl wie Streichhölzer, schließlich sackt der ganze Turm wie eine müde alte Frau in sich selbst zusammen, mit einem Getöse, das den Aufschrei der Menge übertönt. Eine gewaltige Staubwolke ballt sich am Fuß des Turms, in welcher der von der Turmspitze abgebrochene und abwärts taumelnde goldene Engel verschwindet.

Genau im richtigen Augenblick hat Antonio den Verschluß geöffnet und wieder geschlossen. Danach breitet er das schwarze Tuch aus und bedeckt damit den ganzen Apparat, denn nun rast

28

die riesige Staubwolke auf ihn zu, hüllt ihn ein. Er hält das Stativ mit beiden Armen umklammert, da auf einmal überall um ihn herum hustende, stolpernde, stürzende, schreiende, um sich schlagende Leiber in äußerster Panik auf ihn eindringen. Er hält die Kamera noch, als sie stürzt, doch dann treffen ihn Stöße an Armen und Beinen, auf dem Rücken, er hört, wie das Gehäuse des Photoapparates auf dem Pflaster zerschellt, Antonio schreit um sein Leben. Er hält schließlich nur noch das, was eben noch das schwarze Tuch war, in den Händen. Als sich die Menge verlaufen und die Staubwolke sich auf alles ringsherum als weißen Schleier gelegt hat, kniet Antonio am Boden, sucht, was von seinem Apparat übriggeblieben ist, zusammen, verstaut es auf seinem Wägelchen und macht sich auf den Heimweg. Er weint, und er weiß selbst nicht, ist es wegen seines wertvollen Photoapparates, wegen der entgangenen Gelegenheit, ein Jahrhundertphoto zu machen, oder wegen des eingestürzten Campanile, der jetzt als großer Schutthaufen daliegt und den Platz unendlich leer erscheinen läßt, obwohl jetzt die Menschen wieder hindrängen, von der Polizei nicht zurückgehalten werden können. Die ersten laufen schon hinzu, sich einen Steinbrocken aus dem Schutt als Andenken zu sichern. Eine halbe

29

Stunde später ist Antonio zurück und photographiert die Trümmer, macht Photos, die heute noch, neunzig Jahre später, den Einsturz des Campanile dokumentieren.

Doch ein Photo fehlt: Jenes eine, das Antonio zwar gemacht hat, das aber durch das Licht, das nach dem Fall auf das Pflaster und das Zertrampeln durch die Menge auf die Platte gefallen war, unwiederbringlich bleibt.

Am späteren Nachmittag rufen die Zeitungsjungen auf Venedigs Straßen eine Extraausgabe über den Einsturz des Campanile aus. Es ist nur eine Doppelseite. Antonio kauft sie und sieht auf der Titelseite den »sensationellen, einmaligen Schnappschuß eines venezianischen Photographen«. Er traut seinen Augen nicht. Da prangt eine Aufnahme vom einstürzenden Campanile, ähnlich und doch ganz anders, als Antonio es unauslöschlich in seinem Hirn festgehalten hat. Noch mehr staunt er aber, als er den Namen des Photographen liest, nämlich den seines ärgsten Konkurrenten Rino Zago.

Antonio kann es nicht fassen. Er, Antonio Baghetto, und nur er, hat den einstürzenden Campanile photographiert. Die Leute reißen sich um das Extrablatt.

Das rätselhafte Photo sollte noch oft in den

Der Einsturz des Campanile

nächsten Tagen und Wochen in Zeitungen, Magazinen und Sonntagsillustrierten auf der ganzen Welt erscheinen. Doch Antonio weiß: Mit dem Photo kann etwas nicht stimmen! Ein Photo ohne Photographen, und dazu noch ein allzu perfektes Photo, was den Bildausschnitt betrifft. Antonio sitzt in seinem kleinen Atelier, starrt auf das Extrablatt mit dem Bild des einstürzenden Campanile und rätselt darüber nach, wie Zago zu diesem Photo gelangen konnte.

Er schneidet es aus, faltet es, schiebt es in die Tasche seiner Leinenjacke und macht sich auf den Weg. Ihm ist klar, es konnte nie und nimmer von der Seite des Torre dell'Orologio her aufgenommen worden sein, denn da waren es keine sechzig Meter bis zum Campanile. Von dort gesehen gab es kein Objektiv, das den ganzen Campanile, vom Sockel bis zur Turmspitze, hätte erfassen können. Zur Zeit des Einsturzes hätte sich darüber hinaus dort niemand hingewagt. Antonio hat bald den Standort gefunden, von dem aus die beiden Photos aufgenommen worden waren, die den Campanile rechts und links flankieren. Ein Fenster im dritten Stock gleich neben dem Orologio. Nur von da aus konnte man die beiden Säulen mit dem heiligen Georg und dem Markuslöwen so sehen, daß im Hintergrund die Insel mit der San Giorgiokirche genau eingerahmt erschien. Aus dem gleichen Fenster heraus mußte auch der rechte Teil des Photos mit dem Palast der Prokuratien entstanden sein. Eine Photomontage also! Aber der Campanile!? Um ihn so aufzunehmen, daß man ihn in seiner ganzen Höhe sah, wie auf dem Photo, mußte der Photograph viel weiter zurückstehen, und das war nicht möglich, denn da war ja kein Platz, da standen Häuser. Der Trick war einfach: Zago hatte eine alte Aufnahme vom weiten Ende des Platzes her, wo er, Antonio, gestanden hatte, benützt, den Turm sozusagen um neunzig Grad gedreht und zwischen die beiden anderen Photos einkopiert. Er brauchte nur den Markuslöwen im Rechteck unter dem Giebel wegzuretuschieren und durch das Wappen ersetzen, eine schlampige Arbeit übrigens, wie Antonio mit der Lupe feststellte, und schließlich beim Entwickeln der Kopie den Turm so zu verzerren, daß er wie der sich auflösende Campanile mit etwas dickem Bauch und verbogener Spitze erschien. Dann fehlten nur noch der große Riß, ein paar herabfallende Steine und eine Staubwolke, mit Tusche eingezeichnet, und fertig war die Montage, fertig war die Fälschung. Antonio macht sich gleich daran, mit Hilfe alter Photos die gleiche Fälschung herzustellen. Nach ein paar Stunden Arbeit ist das Resultat

33

nicht nur ähnlich, es ist besser als Zagos Fälschung.

Als sein Werk getrocknet ist, macht er sich auf den Weg zu Zago. Der staunt nicht wenig, als Antonio Baghetto, der ihm immer ein Dorn im Auge gewesen war, in sein Geschäft tritt. Antonio wirft sein Photo mit einem spöttischen Lächeln auf den Ladentisch und sagt: »Signor Zago, wenn Sie schon fälschen und für echt ausgeben, dann fälschen Sie doch bitte etwas besser, unserem Handwerk zuliebe!«

Man behauptet sogar, Zago hätte Antonio Baghettos Photo in der Folgezeit benützt, aber das ist heute wohl nicht mehr zu beweisen. Als sicher gilt hingegen, daß sich Antonio Baghetto und Rino Zago in verschiedenen Lagern befanden, als es um den Wiederaufbau des Turms ging. Von Antonio Baghetto haben wir sehr schöne Photos, die den Markusplatz zeigen, als die Trümmer des Campanile weggeräumt waren. Antonio war mit vielen Venezianern der Meinung, daß der Platz ohne Campanile weiter, majestätischer, ästhetischer aussah, nämlich so, wie er in seiner Frühzeit ausgesehen hatte. Wenn schon der Campanile wiederaufgebaut werden sollte, dann nicht auf dem Platz selbst, sondern seitlich so zurückgesetzt, daß er mit dem Prokuratiumspalast in einer

34

Front läge. Die Gegenpartei war der Meinung, der Campanile müsse genau so und genau dort wieder aufgebaut werden, wie und wo er tausend Jahre lang gestanden hatte.

Aber in Rino Zagos Broschüre über die Geschichte des Einsturzes ist kein Photo zu finden, auf dem der Platz von den Trümmern befreit, ohne den Campanile, zu sehen wäre, und bezeichnenderweise ist der Titel dieser Broschüre *Com' Era, Dov' Era* (Wie er war, wo er war).

So geschah's denn auch. Zehn Jahre später wurde der neue Campanile eingeweiht. Zwar steht er nun genau dort, wo er vorher gestanden hatte, doch hatte man einen kleinen Kompromiß schließen müssen. Aus statischen Gründen wurden das Fundament und auch die vier Seiten verbreitert, so daß der »neue Campanile« gesetzter, weniger schlank und elegant ausgefallen ist.

»Antonio Baghetto«, schloß der Professor seine Geschichte, »hat niemals mehr Touristenphotos gemacht, auch war er nicht zugegen, um das große pompöse Einweihungsfest des neuen Campanile zu photographieren. Ich besitze einige seiner Bücher mit wunderschönen Pflanzen- und Tierphotos: Kommen Sie, ich zeige sie Ihnen, wenn es Sie interessiert«, und er führte mich zu einer der hohen Bücherwände.

35

Es war spät geworden. Als ich mich von ihm verabschieden wollte, bot er mir an, daß ich mir als Geschenk ein Buch aus seiner Bibliothek aussuchen könne. Ich wollte ablehnen, aber er bestand darauf: »Sehen Sie«, sagte er, »ich bin alt, ich werde bald alle diese Bücher zurücklassen. Mir gefällt der Gedanke, daß Freunde das eine oder andere Buch mitnehmen. Sollten Sie Bücher lieben und sammeln, werden Sie es vielleicht eines Tages auch so halten.« Ich hatte bemerkt, daß er einen dicken Bildband über Canaletto zweimal besaß, und wählte einen der beiden. Er lächelte und sagte: »Besuchen Sie mich wieder einmal. Aber beeilen Sie sich.«

Als ich kaum zwei Jahre später in Venedig einen Film drehte, ging ich wieder in das Haus. Der Portier des Palazzos sagte mir, daß der Professore vor über einem halben Jahr gestorben war. Auf meine Bitte führte er mich hinauf und schloß die Wohnung auf. Sie war leer und eiskalt. Von den Wänden der Bibliothek gähnten die leeren Regale.

Der Besuch

Etwa vierzig Meilen westlich von Anzio liegt eine kleine Inselgruppe im Tyrrhenischen Meer, entfernt vom großen Tourismus, und längst nicht so bekannt wie Capri oder Ischia: Die kleinste Insel heißt Palmarola, die größte und bedeutendste Ponza. Manche glauben, daß Ponza seinen Namen von Pontius Pilatus bekam. Andere wiederum behaupten, ihr Name käme vom »pierre ponce«, der französischen Bezeichnung des Bimssteins, den man auf der Insel findet.

Um sie von Rom aus zu erreichen, gibt es verschiedene Wege: Man nimmt in Fiumicino, dem kleinen Hafenort nördlich von Ostia, nach dem der römische Flughafen trotz seines offiziellen Namens *Leonardo da Vinci* immer noch genannt wird, ein Fährboot der Linie, die über Ponza nach Ischia, Capri und Sorrent führt, oder man kann

37

mit dem Autobus nach Anzio, Formia oder Terracina fahren und von dort ein Aliscafo nehmen. Jedenfalls ist die kleine Inselgruppe von Rom aus in zweieinhalb bis drei Stunden zu erreichen, und man nähert sich dem wunderschönen Hafen Ponzas, an bizarren weißen Felsen und einem Inselchen mit einem einzigen weißen Haus vorbei, hoch oben liegt der kleine, romantische Friedhof auf dem steil ins Meer fallenden Felsen. Um den Leuchtturm herum fährt man in das eigentliche, von Vanvitelli geschwungen ausgebaute Hafenbecken. Nur sollte man dies nicht während der Sommermonate tun, da ist es ratsam, Ponza, wie so vieles in Italien, links liegenzulassen, denn der Hafen ist dann mit Hunderten von großen und kleinen Booten so verstopft, daß man ihn von Boot zu Boot, ohne sich die Füße naß zu machen, überqueren könnte. Im April aber oder noch im Mai, dann wieder im September und Oktober ist Ponza schön, vielleicht weniger lieblich als Capri, weniger einladend als Ischia, aber wilder, unberührter, auch wenn es damit leider bald vorbei sein wird. Denn noch ist Ponza keine reiche Insel, die kleine Kirche links oberhalb des Hafens besitzt keine Glocke, so daß der Pfarrer oder der Küster mit schnellen Schlägen auf einen Eisenstab die Gläubigen zum Gottesdienst rufen muß, als bimmelte er auf einer Baustelle zum Mittagessen. Selbst der Inselheilige, San Silverio, ist kein wirklicher Heiliger, sondern war irgendein Gegenpapst, der, so sagt man, vom Vatikan nie anerkannt worden ist.

Auch ist Ponza nicht so durchorganisiert wie andere Ferienorte. Es gibt kein Reisebüro oder Tourismuszentrum. Wer telefonieren will, muß dies an einem ungeschützten Wandtelefon vor der Post am Hafen tun.

Neulich habe ich Alfredo in seinem Haus in den Hügeln besucht. Er saß auf seiner Terrasse am neuen Swimmingpool und lud mich zum Schwimmen ein. Ich duschte mich danach in einer eleganten gläsernen Dusche und sagte zu ihm: »Eine schöne Dusche hast du da, sieht ein bißchen aus wie eine Telefonzelle.« Alfredo lachte laut auf: »Du hast ein gutes Auge! Das *ist* eine Telefonzelle.« Die Post hatte diese, so hörte ich nun, vor längerer Zeit geliefert, und sie sollte am Hafen aufgestellt werden, aber das ging gegen den ästhetischen Sinn Alfredos: »Wir lassen uns doch unsern schönen Hafen nicht von der Post verschandeln!«

Wer nun ist Alfredo, daß er so reden kann? Er ist nicht Ponzas Bürgermeister, er ist auch in keiner Partei Mitglied und deshalb nicht einmal im

39

Stadtrat. Er besitzt eine gutgehende Bar am Hafen, ein paar Häuser, er ist Mitbesitzer einiger Restaurants, er vermietet seinen Tennisplatz für unverschämtes Geld, und ihm gehört eine ganze Flotte von Schiffen aller Art, vom großen Fischerboot über einige sehr schnelle Motoryachten bis zu den kleinen Tuck-Tuck-Booten, die er an die Touristen verchartert. Und so vielseitig sein Besitz ist, so undurchsichtig und verzweigt sind auch seine Geschäfte. Alfredo verkauft buchstäblich alles: von Schiffsmotoren bis zu geschmuggelten Zigaretten, von Baugrundstücken bis zu Armbanduhren. Dies alles aber nur, wenn man sich zu seinen Freunden zählen darf. Alfredos größter Feind auf der Insel ist denn auch der Kommandant der Guardia di Finanza, der Zollbehörde. Er hat Alfredo schon öfter geschworen, daß er ihn eines Tages mit der Hand im Sack, wie man in Italien sagt, also in flagranti bei einem seiner Schmuggelgeschäfte erwischen werde. Aber bisher ist ihm das noch nicht gelungen. Man erzählt sich eine Geschichte, die Alfredo allerdings bestreitet und die sich schon vor Jahren und zur Dienstzeit des Vorgängers des jetzigen Comandante abgespielt haben soll. Alfredo hatte damals zwei junge Burschen, die sich schon seit längerer Zeit auf Ponza herumtrieben, lustige Typen, die

40

sich mit Gelegenheitsarbeiten über Wasser hielten, beauftragt, eines seiner schnellsten Boote neu zu streichen. Mit dem frischlackierten Speedboat hatte sich Alfredo eines Abends auf Schmuggeltour zum Golf von Neapel begeben, um eine große Ladung illegaler Zigaretten an Bord zu nehmen. Als er sich in tiefer Nacht mit seiner Fracht vorsichtig auf Schleichwegen seinem Warenversteck auf der anderen Seite der Insel näherte, war er mehr als erstaunt, als das Polizeiboot auftauchte und ihn stoppte. Der damalige Kommandant, ein älterer, korpulenter und wenig ehrgeiziger Mann, bog sich vor Lachen, und Alfredo, der sich wie ein Fisch an Land vorkam, verstand gar nicht, was daran so lustig sein sollte, daß man ihn geschnappt hatte. Als er den Beamten zerknirscht und schicksalsergeben aufforderte, sein Boot in Gottes Namen zu durchsuchen, winkte dieser lachend ab: »Ich werde mich doch nicht blamieren! Wenn du mit einem Boot herumfährst, das man nachts aus zehn Meilen Entfernung sehen kann, dann wirst du ja nicht ausgerechnet damit auf Schmuggeltour fahren!« Was Alfredo nicht wußte, war, daß seine beiden nichtsnutzigen Helfer alle Zierstreifen am Schiffsrumpf und die Aufbauten mit Leuchtfarbe gestrichen hatten.

Vor einigen Monaten hatte mich Alfredo in seine Bar gewinkt und mich zu einem Espresso eingeladen. Nach einer Weile machte er mich mit einer Kopfbewegung auf drei schwarzgekleidete Männer aufmerksam, und er flüsterte mir zu: »Das sind Pfaffen, Kleriker. Ich wette, das sind Vatikaner, Spione aus Rom!« Zum ersten Mal hörte ich davon, daß der Papst nach Pfingsten einen Besuch der tyrrhenischen Inseln plante. Daß er nach Capri und Ischia gehen wollte, wäre schon mehr als ein Gerücht. Nun hatte sich Alfredo, das Schlitzohr, ausgerechnet, daß zwischen Ischia und Rom auch Ponza auf der Besuchsroute des Papstes liegen könnte und daß es sich bei jenen drei sicher um Abgesandte des Vatikans handle, die ausbaldowern sollten, ob Ponza eines Besuches Seiner Heiligkeit würdig sei. Alfredo heftete sich daraufhin an ihre Fersen und überschüttete sie so unauffällig wie möglich mit allerlei kleinen und großen Aufmerksamkeiten. Wo auch immer sie hinkamen, nie durften sie irgend etwas bezahlen, es stand ihnen kostenlos ein Auto oder ein Boot, aus Alfredos Bestand natürlich, zur Verfügung. Vor allem durften die drei so schnell nicht wieder weg. Und prompt verkehrten in den nächsten Tagen wegen hohen Seegangs keine Schiffe mehr zwischen Ponza und dem Festland, was häufig geschah, diesmal aber von Alfredo kurzerhand verordnet worden war. Gleichzeitig verschwanden auf geheimnisvolle Weise die Statuen San Silverios, des Inselheiligen, aus öffentlichen Gebäuden und von den kleinen Altären an den Hausecken. Alfredo hatte Bürgermeister und Gemeinderat zu einer geheimen nächtlichen Versammlung einberufen und eine leidenschaftliche Rede darüber gehalten, wie wichtig für das Wohl Ponzas dieser Papstbesuch wäre. Ausnahmsweise waren sich einmal alle Parteien einig, und für ein paar Tage, ja Wochen, klappte auf Ponza vieles, was bisher selbst mit den strengsten offiziellen Anordnungen nicht zu erreichen war. Erst als Alfredo der Meinung war, daß alles Mögliche getan worden war, durften die drei geistlichen Abgeordneten glücklich und mit Übergewichtserscheinungen wieder in Richtung Vatikan abdampfen.

Drei Wochen später war es amtlich: Der Papst würde nach dem Besuch von Capri und Ischia auch in Ponza Station machen.

Jetzt, da der Papstbesuch feststand, legte sich Alfredo erst richtig ins Zeug. Zwar tat auch die Gemeinde das Ihre dazu, die Kirche bereitete sich auf ihre Weise auf den Besuch vor, doch als es darum ging, eine Glocke für die Kirche zu besorgen, mußte Alfredo wieder einspringen.

43

Der schickte eine Abordnung aufs Festland, die kurzerhand eine Glocke vom Kirchturm einer verfeindeten Gemeinde »ausleihen« und heimlich zur Insel transportieren sollte, allein technisch keine Kleinigkeit, so sollte es sich herausstellen.

Überhaupt waren Alfredo, der alles andere als ein guter Katholik war, keine Anstrengung und kein Opfer zu groß. Da mußte zum Beispiel ein Auto her, um den Papst über die Insel zu kutschieren.

Alfredo stiftete seinen Lieferwagen. Er brachte diesen persönlich zu Franco Bernardis Karosseriewerkstatt. Auf der Ladefläche lag die schon erwähnte Dusche, die ehemalige Telefonzelle, die nun als »kugelsichere« Kabine Verwertung finden sollte. Alfredo legte selbst Hand an, um dem »Papstwagen« die weißgelben Vatikansfarben zu verleihen.

Der große Tag nahte. Alle Probleme schienen gelöst, da gab es doch noch eine Panne: Das Boot mit der Glocke war zu schwächlich für die schwere Last. Während der Überfahrt hielt die Verankerung nicht stand, die Glocke versank auf ewige Zeiten im tiefblauen Meer, das hier im sogenannten Graben von Gaeta an die 4000 Meter tief ist. Nach einem kurzen und heftigen Wutausbruch fand Alfredo auch hier die Lösung. Ein eilends aus Neapel herbeigerufener Radiofachmann baute in letzter Minute ein elektrisches Glockenwerk ein, welches das Geläute des Londoner *Big Ben* täuschend nachahmte.

Der Morgen des Besuchtages war herangekommen. Die ganze Insel war im Sonntagsstaat. Gelbweiße Vatikansfahnen und -fähnchen überall neben den einheimischen blauroten Fahnen. Fenster, Straßen und Hafen waren sauber geputzt, auch hatte Alfredo einige hygienische Maßnahmen treffen lassen: Joe, der alte herrenlose, ewig am Hafen herumstreunende Hund, der überall seine Duftspuren und Größeres hinterließ, lag neben dem Tennisplatz an einer Kette und jaulte herzerweichend ob der ungewohnten Fessel. Und auch Dudù, der Dorftrottel, ein junger und eigentlich recht hübscher Bursche, der, Selbstgespräche führend, oft am Strand herumlief und dabei sein monströses Glied aus dem Hosenschlitz hängen ließ, war mit Beruhigungspillen vollgepumpt und bei seiner gelähmten Tante untergebracht worden. Ohne Pause dröhnte das elektrische Glockenspiel. Der Kirchenchor hatte sich am Hafen aufgebaut und probierte den Ernstfall. In Alfredos Bar drängte sich die Menge, um am Fernsehen den Papstbesuch in Capri und Ischia live zu verfolgen. Am Quai standen zwei schwarzgekleidete, blonde junge Männer, die, mit einem dicken deutschen Akzent und potenten Walkie-talkies ausgestattet, in Funkverbindung mit dem päpstlichen Reisetroß standen. Der rote Teppich war ausgerollt. Alfredo selbst hatte es sich nicht nehmen lassen, das Papstauto eigenhändig zu steuern. Er hatte es durch die Menge bis zum Ende des roten Teppichs gefahren und nur gerade so viel Platz gelassen, daß der Papst den obligatorischen Kuß auf den Boden der Insel tun konnte, falls dieser, was keiner wußte, im Protokoll vorgesehen war.

Der angekündigte Zeitpunkt für die Ankunft des hohen Gastes verstrich, Besorgnis machte sich unter den Insulanern breit. Sie wußten, was das bedeuten konnte, sie kannten ihr unberechenbares Meer. Stimmen wurden laut, enttäuschte Rufe: »Das Schiff mit dem Papst kommt nicht wegen zu hohen Seegangs.«

Zwei Stunden später wurde es offiziell: Das Boot mit dem Heiligen Vater würde den Hafen von Ischia, wo es sich gerade befand, nicht verlassen können. Betroffenheit bei allen. Allein der fast taube Chorleiter hatte nichts mitbekommen und dirigierte eifrig weiter, bis auch im Chor niemand mehr mitsang. Es hatte sich wie ein Lauffeuer herumgesprochen: »Non viene!« Er kommt nicht. Die beiden blonden Burschen sprachen immer

aufgeregter in ihre Funkgeräte, in der allgemeinen
Aufregung stand Alfredo auf einmal, mit einem
Megaphon in der Hand, auf der Plattform seines
Papstgefährts neben der Glaskabine und schrie:
»Attenzione! Alle einmal herhören! Wie wir wissen, wird der Heilige Vater nicht per Boot hierher-
kommen, aber...«, hier machte er eine wirkungs-
volle Pause, »ich habe gerade zuverlässig gehört,
daß er in etwa zwei Stunden mit einem Hubschrauber hierherfliegen wird!« Freudenrufe.
»Da es keinen anderen würdigen Landeplatz auf
der Insel gibt, habe ich vorgeschlagen, Seine Heiligkeit in unserem Fußballstadion zu empfangen.
Alle Bürger und Inselgäste sind also aufgefordert,
sich unverzüglich und geordnet zum Stadion zu
begeben.« Danach setzte Alfredo sich gemessen
ans Steuer und führte die Prozession in Richtung
Fußballplatz an, denn »Stadion« konnte man den
Sportplatz, auch wenn der an einer Seite eine
mickrige Tribüne besaß, eigentlich nicht nennen.
Er lag im Innern der Insel, zu Fuß in etwa zwanzig
Minuten zu erreichen.

Als Alfredo als erster zum Sportplatz kam,
durchfuhr ihn ein Schreck: Eine riesige Schaf-
herde bevölkerte den Rasen. Da heute kein Fußballspiel stattfand, hatte man die Schafe auf den
Platz getrieben. Der Schäfer wollte zuerst nichts

47

davon wissen, die Herde hinauszutreiben, der einfältige Piero verstand überhaupt nicht, was ihm Alfredo da erzählte, und immer, wenn Alfredo die Geduld verlor und zu schreien begann, sah er sich den ihn wütend anknurrenden Hunden des Schäfers gegenüber und beruhigte sich wieder. Als das ganze Dorf eine knappe Stunde später vollzählig im Stadion versammelt war, waren die Schafe weg, dafür tummelten sich Meßdiener, Chordamen und andere freiwillige Helfer auf dem Rasen, lasen mit bloßen Händen die reichlichen Schafsknüttel auf und sammelten sie in Tüten, Mützen und Taschentüchern ein. Die beiden Blonden mit den Sprechgeräten standen auf der Anhöhe oberhalb des Platzes und hielten schon nach dem Hubschrauber, der nun bald auftauchen mußte, Ausschau. Alfredo hatte den Papstwagen aufs Spielfeld gefahren, eine eigens gebaute Treppe dahinter gestellt, auch sie gelb und weiß lackiert, und den roten Teppich wieder bis zur Platzmitte ausgerollt, wo der Anstoßkreis frisch mit Kreide als Landeplatz markiert war.

Auf der Tribüne hatten die Honoratioren in vorderster Reihe Platz genommen, dahinter hatte sich der Kirchenchor aufgebaut, während die Musikkapelle auf der anderen Seite des Platzes erneut im Widerstreit mit dem Chor lag.

Sogar das Fernsehen war mit einem Team vertreten, dem viele kleine Videokameras Konkurrenz machten. Denn Alfredo, so hörte man, soll für den großen Anlaß über fünfzig geschmuggelte Videoanlagen an den Mann gebracht haben. Plötzlich ging ein Raunen durch die Menge. Die beiden blonden Seminaristen und eine Schar von Kindern, die ebenfalls auf die Felsen geklettert waren, winkten mit großen Gesten: *»Sta Arrivando! Er kommt; Er kommt!«* Und in der Tat war in der Ferne das flattrige Brummen des Hubschraubers zu hören. Alle waren aufgestanden und begannen mit Fähnchen und Taschentüchern zu winken. Der große Hubschrauber schob sich erschreckend nah über die Felskante, wirbelte eine ungeheure Staubwolke auf, die der starke Wind auf den Platz hinunterdrückte. Man sah die Hand nicht mehr vor Augen. Taschentücher, Hüte und Fähnchen purzelten in dem dichten Staub herum. Der Motor des Helikopters dröhnte, überdeckte den Lärm der Musikkapelle, deren Bläser ohnehin hustend ihr Spiel aufgegeben hatten.

Immer noch schauten alle in die Höhe, ohne etwas zu sehen, und wischten sich den Staub aus den Augen. Alfredo setzte sich, ganz unpassend fluchend, in das Fahrerhaus seines Lieferwagens und drehte die Fenster hoch. Als der Wind die Staubwolke etwas weggeblasen hatte, schwebte der Hubschrauber hoch über dem Platz. Er schwankte etwas hin und her, drehte sich ein paarmal um seine Achse und gab so den Insassen sicher einen guten Ausblick über die Insel, machte aber keine Anstalten, zur Landung anzusetzen. Da erscholl ein erster Ruf aus der Menge: »Viva il Papa!«, der aufgenommen wurde, und bald brüllten alle gegen den Motorenlärm des Hubschraubers an und skandierten: »Vi-va il Pa-pa! Vi-va il Pa-pa!«

»Warum landest du denn nicht?« schrie auf einmal einer ganz respektlos. »Zuviel Wind!« antwortete ein Kenner.

Da öffnete sich plötzlich an der Seite des Hubschraubers eine Tür. Alles hielt für ein paar Sekunden den Atem an: »Vielleicht springt er mit dem Fallschirm ab!« meinte eine Stimme in der Menge, und es klang nicht nach Spott, wurde jedoch von der Mehrheit für unwahrscheinlich gehalten. »Warum denn nicht?« sagte die gleiche Stimme, »er fährt doch Ski, spielt Tennis und schwimmt!« Dann sahen alle sehr deutlich, wie aus der offenen Tür des Hubschraubers eine weißbehandschuhte Hand gestreckt wurde, die über der Menge das segnende Kreuzzeichen beschrieb,

50

ein erstes Mal, alles fiel auf die Knie und bekreuzigte sich, ein zweites, ein drittes Mal. Aus dem Kreuzzeichen wurde ein Winken der weißen Hand, die gleich darauf im Innern des Hubschraubers verschwand, die Tür wurde wieder zugeschoben, schnell gewann der Hubschrauber an Höhe und entschwand unwiederbringlich in den Nachmittagshimmel gen Rom...

Den ganzen Tag noch wurde überall auf der Insel das Vorgefallene diskutiert, alles drängte sich vor den Fernsehern, denn ausgiebig wurde in der Tagesschau vom Papstbesuch auf den anderen Inseln berichtet, von Capri vor allem und Ischia, aber Ponza wurde mit keinem Bild und keinem Wort auch nur erwähnt. In den Bars machte sich da und dort schon Enttäuschung Luft, schließlich hatte der »Besuch«, wie er jetzt nur noch kurz genannt wurde, die Insel eine Stange Geld und viel Mühe gekostet. Schadenfreudig belacht wurde allenthalben das Mißgeschick Alfredos: Der hatte auf dem Rückweg vom Fußballplatz, um nicht von der ins Dorf zurückstrebenden Menge behindert zu werden, den Umweg über die Straße am Strand entlang genommen, die durch zwei Tunnel führt. Uneingedenk der Telefon-Dusch-Kanzel hinten auf seinem Lieferwagen war er, ohne auch nur zu bremsen, in den ersten Tunnel hineinge-

51

fahren, es hatte gekracht und gesplittert, Alfredo hatte nicht einmal angehalten, hatte nur geflucht und so etwas wie »Auch das noch!« und »Geschieht mir recht!« gemurmelt.

Am nächsten Tag schon sprach eigentlich niemand mehr über den Besuch. Wie auf Verabredung kehrten die Statuen des San Silverio wieder an ihre angestammten Standorte auf Altäre, Hausaltärchen und in die Fensterauslagen zurück. Der Hund Joe streunte wieder am Hafen herum, und auch der schwachsinnige Dudù führte am Strand wieder seine Selbstgespräche und segnete eine unsichtbare Gemeinde. Alfredo brachte seinen Lieferwagen zum Umlackieren in Francos Werkstatt, und danach erinnerte nur noch das falsche *Big-Ben*-Glockengeläute an jenen wenig ruhmvollen Tag in der Geschichte Ponzas. Als dieses Geläute dann nach drei, vier Tagen nicht mehr erscholl, fragte niemand, ob es ein technisches Versagen war oder ob die Vorrichtung einfach abgebaut worden war.

Jedenfalls hämmerte am nächsten Sonntag der Pfarrer wieder auf die Eisenstange, um die Gläubigen zur Messe zu rufen, und alles war wieder wie vorher.

Kinomafia – Mafiakino

KARRIERE

Salvatore Santalmassi war ein hervorragender
Schauspieler. Doch er war kein Star. Daß andere,
weniger begabte Kollegen durch Fernsehrollen
populär wurden und er nicht, darunter litt Salvatore. Er spielte Theater, aber das war anstrengend
und nicht sehr lukrativ. Eines Tages bot man ihm
eine Fernsehreklame für einen sizilianischen Digestivo an. Salvatore, den seine Freunde Turi
nannten, war ein typischer Sizilianer, nur größer
gewachsen. Er hatte einen kleinen physischen De-
fekt: Er litt unter einem allerdings kaum merkli-
chen Tremor, einem Zittern der Hände. Wenn er
sein Glas mit dem Digestivo hochhielt und man
nicht auf sein Gesicht auf dem Bildschirm, sondern auf seine Rechte schaute, konnte man das

Schwabbern der schwärzlichen Flüssigkeit beobachten. Ich fragte ihn, warum er diese Reklame mache. »Damit ich mir Shakespeare leisten kann.« Das fand ich ärgerlich, und so ärgerte ich ihn. »Soso«, sagte ich, »um acht Uhr abends sitzen die Leute beim Abendessen vorm Fernseher und sehen dich, wie du dein Glas hebst und sagst: ›Trinken Sie den Amaro Ätna, das Heißeste, was Sizilien zu bieten hat!‹ Dann gehen diese Leute ins Theater, wo du gerade den Hamlet spielst. Was sagen sie dann, wenn sie dich sehen? Du da oben auf der Bühne hörst es sicher nicht, aber glaub' mir, da schubst diese oder jene Zuschauerin ihre Nachbarin an und flüstert: ›Das ist der Amaro Ätna!‹ ›Nein‹, raunt die andere, ›das ist der Hamlet.‹ ›Sag' ich ja, der Hamlet ist der Amaro Ätna!‹ Wo bleibst du da, Turi?« Damit hatte ich ihn sicher tief gekränkt, denn er lief wütend davon, und ich verlor ihn aus den Augen.

Aber dann machte er doch noch Karriere. Eines schönen Tages klingelte es an Turis Wohnungstür. Er öffnete und sah zwei dunkle Gestalten, die ihn mit schwerem sizilianischem Akzent begrüßten: »Buon giorno, paisà, wir würden gern etwas mit Ihnen besprechen.« Turi bat sie herein, lud sie zum Sitzen ein und bot von seinem Amaro an, der ihm ja nun nicht mehr ausging. Nur einer der bei-

54

den sprach, und es muß ungefähr so geklungen haben:

»Signor Santalmassi, dürfen wir Sie Turi nennen? Schließlich sind wir ja Landsleute. Wir bewundern Sie, Turi, und wir sind nicht die einzigen. Uns gefällt, was Sie spielen. Und daß Sie mit dem Amaro Ätna für Sizilien werben, gefällt uns auch. Es spricht nur für Sie. Wir fragen uns jedoch: Warum sind Sie kein Star? Wenn einer es verdient hätte, wären Sie das. Wir hören, Sie haben einen Manager? Sind Sie sicher, daß das der richtige Mann für Sie ist? Wir sollten vielleicht einmal ein Wörtchen mit ihm reden? Vielleicht fehlt es nur an der richtigen Gelegenheit, am richtigen Vorschlag? Was würden Sie gerne spielen? Und wo? Na los, sagen Sie, haben Sie keine Hemmungen!« Turi wußte wohl nicht so recht, was er da sagen sollte. Was waren das für Leute? Waren sie überhaupt ernst zu nehmen? Er antwortete: »Sicher haben Sie recht, vielleicht fehlt es an der richtigen Gelegenheit. Aber es ist auch Glückssache, das weiß jeder. Ich hätte zum Beispiel gern den *Macbeth* am Theater gespielt. Den probiert jetzt gerade mein Kollege Fausto Gobbi, und damit ist das Stück für die nächsten acht bis zehn Jahre nicht mehr interessant, und danach ist es vielleicht zu spät, dann bin ich vielleicht zu alt.«

55

Die beiden Männer hörten sich geduldig Turis Gedankengänge an.

Irgendwann standen die seltsamen Besucher auf und verabschiedeten sich mit einem rätselhaften: »Sie werden von uns hören.«

Zwar hörte Turi lange nichts mehr von ihnen, doch es geschahen seltsame Dinge. Nur drei Tage nach dem Besuch der beiden las Turi in der Zeitung, daß Fausto Gobbi sich ein Bein gebrochen hatte und den Macbeth nicht spielen konnte. Es wunderte ihn schon etwas weniger, als das Theater ihn zwei Tage später anrief, ihm aber die Rolle des Banquo im gleichen Stück anbot, da der Kollege, der den Banquo probiert hatte, nun den Macbeth spielen würde. Turi war enttäuscht. Doch schon eine Woche darauf lag dieser Schauspieler mit einem Dolch in der Brust auf der Bühne. Ein Kollege hatte ihn ihm bei einer Kampfszene, überzeugt davon, daß es sich um einen Theaterdolch mit einer in den Griff zurückfedernden Klinge handelte, in die Brust gestoßen. Ein Unfall, Gott sei Dank nichts Lebensgefährliches, doch mit dem Macbeth sollte es nichts werden. Turi fand nichts Ungewöhnliches dabei, als ihm nun die Titelrolle angetragen wurde.

Der *Macbeth* wurde ein großer Erfolg. Turis Ruhm wuchs, wenn auch nur beim Theater, aber ein guter Theaterruf ist eine solide Grundlage auch für eine Filmkarriere.

Die Gelegenheit kam bald, und nun wunderte sich Turi überhaupt nicht mehr. Er hatte sich seine Karriere, wie er meinte, hart erarbeitet. Es erreichte ihn ein Telegramm aus New York, in dem ein amerikanischer Produzent mit italienischem Namen ihm eine Hauptrolle in seinem nächsten Film anbot. Er lade ihn hiermit ein, zwecks Kennenlernens nach New York zu kommen. Jetzt schwoll Turis Selbstbewußtsein so richtig an. Amerika! Endlich war es soweit! Er war zwar schon vierzig und hatte begonnen, sich die grauen Strähnen zu färben, aber alle sagten ihm, er sähe nicht mal wie dreißig aus. Er flog nach New York, wurde mit dem etwas windigen Produzenten handelseinig, obwohl es nicht wirklich eine Hauptrolle war. Sein Englisch war allzu mangelhaft. So blieb Turi erst mal in New York und flog erst ein halbes Jahr später nach Rom zurück, um seine Wohnung aufzulösen, denn seiner Karriere im Traumland Onkel Sams stand nun nichts mehr im Wege. Oder fast nichts. Denn kaum hatte er seine römische Wohnung ausgeräumt, die Möbel verkauft und den Rest in große Kisten zum Transport über den Atlantik verpackt, als er wieder von seinen zwei rätselhaften Landsleuten Besuch bekam, die er zwei Jahre nicht gesehen hatte. Sie stellten ein Paket ab, das sie mitgebracht hatten, begrüßten ihn wie einen Bruder, machten ihm Komplimente, daß seine Laufbahn eine so schöne Entwicklung genommen hätte. Und nun wäre seine Weltkarriere in Amerika nur noch eine Frage der Zeit. Sie waren über alles orientiert, seinen Abflug, sie wußten, mit welchem Transportunternehmen seine Sachen nach Amerika verschickt werden sollten, und kamen ganz nebensächlich auf die kleine Gefälligkeit zu sprechen, das Paket jenem Transport hinzuzufügen, unauffällig, versteht sich. Als Turi naiv nach dem Inhalt des Pakets fragte, sahen sich seine Besucher an und schwiegen erst einmal. Turi wurde die Sache unheimlich, er wagte aber nicht weiterzufragen, ebenso unauffällig deuteten die beiden, das heißt derjenige, der sprach, an, daß er sich um das Paket nicht mehr kümmern sollte, das alles wäre geregelt. Das Beste für ihn, Turi, wäre, wenn er es überhaupt vergäße, wie er auch sie und ihren Besuch einfach vergessen sollte. Damit verschwanden sie.

Turi schlief in den folgenden Nächten schlecht oder gar nicht. Er dachte viel nach, und es wurde ihm erschreckend klar, daß alles, was er in den letzten Jahren verdrängt oder für eigenes Ver-

58

dienst gehalten hatte, Teil eines genauen Plans war, in dem er eigentlich nur als ein kleines, unwichtiges Rädchen eine winzige Rolle spielte, er, der große Schauspieler, der berühmte Salvatore Santalmassi. Und das Schlimmste war, daß er wußte, daß es keinen Ausweg gab.

Als das Transportunternehmen in New York ihm die Ankunft seiner Kisten aus Rom ankündigte und man ihn zur Zollabfertigung bestellte, überlegte er lange, ob er überhaupt dorthin gehen sollte. Am liebsten hätte er auf den ganzen Kram verzichtet. Aber er sah ein, daß dies keine Lösung war. Als er herzklopfend bei der Zollbehörde vor seinen Sachen stand, stellte er fest, daß das Paket nicht mehr dabei war. Ihm fiel ein Stein vom Herzen.

Turi wäre nun gerne in Amerika geblieben, um ähnlichen Transportwünschen zu entgehen, doch es geschah mit schöner Regelmäßigkeit, daß er nach Rom zurückmußte, sei es zu einem Synchrontermin eines seiner Filme oder zur Hochzeit eines »wichtigen« Freundes, den er nicht einmal kannte. Und vor seiner Rückreise stellten sich unfehlbar seine beiden Freunde ein, immer mit dem obligaten größeren oder kleineren Päckchen.

Turi hatte sich seine internationale Karriere größer, bedeutender vorgestellt, aber er hatte Arbeit, und er war um vieles besser dran als seine armen Kollegen zu Hause in Italien. In Rom stellte er natürlich sein Leben, seine Erfolge im Quadrat zur Entfernung vergrößert dar. Er wurde beneidet. Er hatte gedacht, er könnte sich im Laufe der Zeit auch an die Päckchen gewöhnen, die er immer über den Atlantik bringen mußte, doch er zitterte von Mal zu Mal mehr, sein Inneres bäumte sich auf, und als eines Tages das ganz große Angebot von Dino de Laurentiis wirklich kam, glaubte er es sich leisten zu können, seinen beiden lästigen Besuchern mitzuteilen, daß er nicht mehr gewillt wäre, Kurierdienste zu übernehmen. Die beiden zeigten überraschenderweise Verständnis. Sie waren mit Turi der Meinung, daß er für das, was er erhalten hatte, genügend Gegendienste erbracht hätte. Nur dieses eine und letzte Mal mußte es noch sein, nur dieses eine Mal. Turi war sogar erleichtert. So einfach hatte er es sich nicht vorgestellt. Fast mit Freude nahm er das Paket an, das sein letztes sein sollte.

Es war in der Tat sein letztes. Bei der Einreise in New York wurde er verhaftet und durfte seine schauspielerischen Recherchen für einige Jahre auf das Kennenlernen amerikanischer Gefängnisse ausdehnen.

Ich hatte sicher zehn Jahre nichts mehr von Turi

gehört, bis ein italienischer Freund, ein Maler, der in Los Angeles lebt, mir von einem Italiener erzählte, der unter dem Namen Tony Santi, mal als Kleindarsteller, mal als Taxifahrer jobbend, in seiner Straße wohne. Er treffe ihn öfter in einem kleinen italienischen Ristorante an der Ecke. Dann erzähle er immer wieder von seiner Theaterlaufbahn in Italien, von Rollen in Filmen, und wenn er ins Schwärmen gerate und sein Glas zu einem Toast auf das ferne Italien erhebe, zittere seine Hand so sehr, daß er auch schon mal von seinem Vino Rosso etwas auf die weiße Papiertischdecke verschütte...

DER MAFIABOSS

In dem Film *Gewalt, die fünfte Macht*, einem der wenigen ehrlichen Antimafiafilme, den Florestano Vancini 1972 drehte, spielte ich den Mafiaboß Barresi, der eine nicht zufällige Ähnlichkeit mit einem der berüchtigtsten Mafiosi der Nachkriegszeit, mit Luciano Liggio, hatte. Wir drehten in *Dinocitta*, den von Dino de Laurentiis an der Via Pontina gebauten Studios. Die Filmhandlung spielte sich überwiegend im Gerichtssaal ab, der im Studio aufgebaut war. Wir drehten im Winter, und das Studio war morgens, wenn wir anfingen, sehr kalt, bis es dann durch die Scheinwerfer und die Menschenmasse allmählich erträglich warm wurde. Ich sehe noch den Schauspieler Enrico Maria Salerno, der den Staatsanwalt spielte, morgens ins Studio kommen, mit einem Thermometer in der Hand. Er wartete ein paar Minuten, verkündete dann: »15° Celsius! Ich gehe jetzt in meine Garderobe. Keinen Sinn, mich zu rufen, bevor es hier nicht 18° ist.« Und er ging wieder.

Da wir in Rom drehten, engagierte die Produktionsleitung, damit die Atmosphäre im Gerichtssaal echt wirkte, ein Publikum aus echten Sizilianern. Schon am zweiten Drehtag defilierten die ganzen Komparsen an mir vorbei, beugten sich tief über meine Hand und murmelten: »Don Mario, bacio la mano«, küß die Hand, und einige taten dies tatsächlich. Auf die Bemerkung des Staatsanwalts, daß man mich, also Barresi, in New York wegen Drogen- und Waffenbesitzes verhaftet hätte, antwortete ich laut Drehbuch: »Herr Staatsanwalt, ich reise viel. Ich mache Geschäfte in Amerika, in Kanada, ich kenne Städte wie San Francisco, Las Vegas, Acapulco, Rio de Janeiro, Orte, die Sie, Herr Staatsanwalt, wohl schon einmal im Fernsehen gesehen haben und von denen ich Ihnen bestätigen kann: Die Reise

62

lohnt sich!« An dieser Stelle gab es, und das stand nicht im Drehbuch, einen donnernden Applaus der sizilianischen Statisten. In deren Augen war diese zynischstolze Haltung typisch »mafioso«, wie man ja in Sizilien auch ein Mädchen, das hoch erhobenen Hauptes über die Straße geht, ohne auf die Blicke der Männer zu reagieren, eine »carusa mafiusa« nennt. Auf der anderen Seite wurde gezeigt, wie dieser Mafiaboß ein Opfer durch einen Schuß in den Mund tötet, nachdem er unter Eid ausgesagt hat, daß er von diesem Menschen nie gehört und ihn nie gesehen hätte. Als Sachberater für Mafiafragen fungierte ein recht zwielichtiger Typ, dem man echte Beziehungen zur Mafia nachsagte. Eines Tages sagte ich zu ihm: »Nach diesem Film darf ich mich in Sizilien wohl nicht mehr blicken lassen.« – »Ganz im Gegenteil!« widersprach er, »wenn du kommst, kriegst du den roten Teppich! Du mußt bedenken, all diese Mafiabosse können in der Öffentlichkeit ja nicht so auftreten, wie du das hier im Film kannst. Sie müssen sich unauffällig bewegen. Sie haben zwar eine große Macht, können sie aber nicht öffentlich zeigen. Deswegen sind sie richtig scharf auf solche Mafiafilme, denn da sehen sie sich so dargestellt, wie sie eigentlich gerne sein und erscheinen möchten. In diesem Film bedienst du viele dieser Wünsche. Du zeigst Barresi elegant, verächtlich, stolz und zynisch, das ist so wirkungsvoll, daß sie die negativen Seiten, nämlich verlogen, grausam und skrupellos gezeigt zu werden, gerne in Kauf nehmen.«

Ich gebe zu, ich hatte das nicht bedacht und würde heute einen solchen Mafiaboß anders spielen.

DAS TELEFONAT

Der Film hieß, glaube ich, *Mamma Mia*, eine italienische Komödie, wie sie in den siebziger Jahren haufenweise, und billig dazu, gemacht wurden. Meine Partnerin hieß Ornella Martino. Sie war eigentlich keine Schauspielerin, sie hatte als Schlagersängerin in den frühen sechziger Jahren einmal das Festival von San Remo gewonnen, oder war sie nur Zweite oder Dritte geworden? Der Regisseur war ihr ehemaliger Impresario und jetziger Ehemann. Er war auch gleichzeitig der Produzent des Films. Wir drehten in der Nähe Roms. Es war früher Sommer und tagsüber schon recht heiß. Am Drehort herrschte gute Laune, und niemand dachte an Schlimmes. An einem Freitagmorgen erreichte Regisseur und Star eine Nachricht, die die beiden in helle Aufregung versetzte. Ornella hatte mir erzählt, daß sie an jenem Freitag eigentlich ein Konzert in Sizilien habe, aber angesichts der Szenen, die man dieses Wochenende noch »in den Kasten« bringen müßte, hätten sie das Konzert abgesagt. Diese Absage hatte, wie sie mir erzählte, allerdings noch einen tieferen Grund: Vor Jahren hatte sie als noch unbekannte Sängerin in Sizilien »getingelt«, und sie sollte laut Vertrag eines Abends in einem kleinen Badeort bei Palermo in einem berühmt-berüchtigten Nachtclub auftreten. Es war üblich, daß die Gage bar und vor dem Auftritt ausgezahlt wurde. Ihr Mann Carlo, damals ihr Manager und noch nicht mit ihr verheiratet, hatte also den Besitzer des Clubs gesucht und ihn, da sich die geplante Stunde von Ornellas Auftritt näherte, um Erledigung der geschäftlichen Seite gebeten. Der Besitzer tat beleidigt und fragte ihn: »Vertrauen Sie mir etwa nicht?«, bat ihn jedoch, als Carlo stumm die Schulter zuckte und vielsagend die Hände hob, in sein Büro. Er stellte sich hinter den Schreibtisch, öffnete die Schublade, und während er mit einer Hand Carlo an dessen Haarschopf brutal über die Schreibtischplatte zog, erschien in seiner anderen ein großkalibriger Revolver, dessen Lauf er Carlo zwischen die Zähne rammte und zischte: »Du dreckiger Zuhälter traust mir also nicht?« Carlo, der den Pistolenlauf tief in seinem Rachen spürte, kaum eines Brechreizes Herr wurde und Blut im Mund schmeckte, nickte, so gut es ging, daß er ihm natürlich traute. Der Typ ließ ihn los, Carlo schlich hinaus und ging, nachdem er in der Toilette den Mund ausgespült und sich gekämmt hatte, zurück in Ornellas Garderobe. Als die ihn fragte, ob er das Geld habe, nickte er, und Ornella ging beruhigt zu ihrem Auftritt. Danach hatte der Nachtclubgangster noch einmal scheinheilig lächelnd gefragt, ob Carlo noch irgendwelche Wünsche hätte. Der zog Ornella hinter sich her zum Wagen, und erst auf der Fahrt zum Hotel erzählte er Ornella, was vorgefallen war. Ornella weinte und forderte Carlo wütend auf, die Polizei zu benachrichtigen. Carlo war, wenn auch rotblond und blauäugig, sizilianischer Abstammung und erklärte ihr, daß dies nicht ratsam wäre, wollte man über den Gagenverlust hinaus ungeschoren bleiben.

Ornella sagte mir dann, daß sie seit damals nicht mehr in Sizilien aufgetreten wäre und auch dieses Freitagsengagement nur widerwillig angenommen hätte. Erst bei dem horrenden Honorar, das Carlo und ihr in dieser finanziell so schwierigen Zeit der Filmproduktion sehr geholfen hätte, wäre sie schwach geworden. Als sie gestern das

66

Konzert in Sizilien abgesagt hätte, wäre sie außerordentlich erleichtert gewesen. Und nun der Anruf. Was war geschehen? Gerade habe ihr Kindermädchen, das sie für die Dauer der Drehzeit angestellt hatten, um auf ihren kleinen Sohn Nicola aufzupassen, mitgeteilt, daß sie einen seltsamen Telefonanruf erhalten hätte.

Eine Stimme mit deutlichem sizilianischem Akzent hätte nach Ornella oder Carlo gefragt; als sie geantwortet hätte, die Herrschaften wären außer Hause, hätte der Mann wissen wollen, ob sie schon nach Sizilien abgereist wären. Sie hätte dieses verneint, und die Stimme habe sich dann nach der Gesundheit des kleinen Nicola erkundigt. Carlo rief sofort das Kindermädchen an und forderte es auf, unverzüglich, ohne Gepäck und ohne ein Taxi zu rufen, mit dem Kleinen zum Bahnhof und mit dem ersten Zug in die Schweiz, nach Chiasso zu fahren.

Ornella und Carlo rasten zum Flughafen, um ein Flugzeug nach Messina zu erreichen, um noch vor dem Abend in Taormina, wo der Galaauftritt stattfinden sollte, einzutreffen. Am Flughafen Fiumicino angekommen, mußten sie feststellen, daß die letzten Maschinen nach Messina oder Catania hoffnungslos ausgebucht waren. Carlo versuchte dem Personal der Fluglinie die Dringlichkeit ihrer Reise irgendwie zu erklären, konnte aber mit dem wahren Grund nicht herausrücken. Als nichts mehr half, wandten sie sich an die Polizei. Die jedoch verweigerte nicht nur ihre Hilfe, einen Platz im Flugzeug zu besorgen, sie verbot den beiden, die schon den Versuch, eine Privatmaschine zu organisieren, erwogen, die Reise nach Sizilien.

Die Filmarbeiten wurden unterbrochen, und wir hörten, daß Carlo und Ornella sich mit ihrem Söhnchen Nicola in der Schweiz an einem unbekannten Ort aufhielten.

Der Film wurde übrigens nie zu Ende gedreht. Nach Monaten waren Carlo und Ornella zwar nach Rom zurückgekehrt, fühlten sich aber nach dieser Erfahrung nicht in der Verfassung, die Filmkomödie zu beenden.

COME NON DETTO

Un uomo d'onore, ein Mann von Ehre. So hieß ein Film, den ich in den siebziger Jahren in Rom und Mailand drehte. In Deutschland hieß er später *Der Boss*, und in der Videokassettenversion bekam er den noch reißerischeren Titel *Gott vergibt, die Mafia nie.*

Die Geschichte ist schnell erzählt:

Luciano Mangiacavallo ist Sizilianer, er hat es in Mailand als kleiner Zuhälter zu etwas Geld und feinen Anzügen gebracht.

Eine Ehe ist schnell in die Brüche gegangen. Die Exehefrau will nicht einmal Lucianos Geld für die kleine Tochter annehmen, wenn es Sündenlohn ist, Luciano würde auch gerne aus dem Milieu heraus, aber er schafft es eben nicht. Aus heiterem Himmel gerät er ahnungslos in die Schußlinie des wirklichen Verbrechens. Er wird bedroht, geprügelt, und schließlich werden Frau und Tochter vor seinen Augen von einem Auto überfahren und getötet. Luciano sieht rot und läuft unter den Gangstern Amok, bis der Mailänder Boß zugibt, daß man, um eigene Unregelmäßigkeiten gegenüber den großen Brüdern in New York zu vertuschen, ihnen Luciano als unschuldiges Opfer zum Fraß vorgeworfen hat. Im großen Showdown mit zwei amerikanischen Killern gibt es keine Überlebenden.

Erster Drehtag in Rom. Cinecittà. In der ersten Szene merkte ich zu meinem Ärger, daß man mir mit dem jungen Darsteller, der Lucianos treuen Freund spielen soll, eine Flasche an die Seite gestellt hatte, ungenügend und unzumutbar. Ein nichtssagender eitler Schönling. Während der

Mittagspause bestellte ich Regisseur und Produzenten zu einer Besprechung in meine Garderobe. Vorher hatte ich einen guten Freund und Kollegen angerufen. Ich hatte ihm die Lage geschildert und ihn gefragt, ob er jene Rolle als meinen Freund spielen wolle, ich hatte ihm eine Gage »unter Freunden« aus meiner Tasche angeboten, und er hatte spontan zugesagt. Ich erklärte also dem Regisseur und dem Produzenten, daß ich mit dem Darsteller, den sie mir da aufgedrückt hätten, nicht weiterdrehen würde. Dieser Bursche hätte, wie man sehen konnte, schon am Vormittag alles falsch gemacht, was man falsch machen konnte. Ich hätte schon einen Ersatz gefunden, und der Produktion würde kein Schaden entstehen, da ich die Gage für den Ersatz aus meiner Tasche zahlen würde.

Es folgte ein langes, betretenes Schweigen. Schließlich sagte der Regisseur: »Das wird nicht gehen.« Ich verstand nicht. »Warum nicht? Schließlich zahle ich dafür.« Er schüttelte milde den Kopf: »Du verstehst mich nicht, Mario. Das ist auch sehr nett von dir, was du dir da ausgedacht hast. Aber es geht nicht.« Ich wurde ungeduldig und wollte nun wissen, warum es nicht gehen soll. Regisseur und Produzent schauten sich an, als sprächen sie zu einem kranken Pferd. Sie

wollten einfach nicht mit der Sprache rausrücken.
Schließlich entschloß sich der Regisseur, deutlicher zu werden. »Mario, weißt du, was ein Don ist?« Darunter konnte ich mir etwas vorstellen. »Nun, mein Vater zum Beispiel ist ein Don«, fuhr der Regisseur fort. »Und was hat dein Vater damit zu tun?« Der Regisseur beugte sich vor und sah mir intensiv in die Augen: »Mein Vater, der Don, hat einen Freund, der ist auch ein Don, und dieser Don hat ein Interesse an diesem Film, er ist ein stiller Teilhaber an diesem Film, und jener Don wünscht, daß der junge Mann, mit dem du heute morgen gedreht hast, eine Rolle in dem Film spielt. Ich bin völlig deiner Meinung: Er ist eine Niete, aber er wird diese Rolle spielen.« Ich wollte mich so schnell nicht geschlagen geben, obwohl es in meinem Kopf wie ein Alarmsignal aufleuchtete: *Mafia! Mafia! Mafia!* Ich sagte, dann müsse man dem Don von seinem Don eben klarmachen, daß er auf eine Flasche gesetzt hätte. Er lächelte sehr überlegen: »Das werde *ich* ihm bestimmt nicht sagen. Es hätte auch keinen Sinn; denn ein Don irrt sich nicht.« »Und wenn wir es einfach so machen, ohne dem Don Bescheid zu sagen, wenn er den Film sieht...« Ich sprach gar nicht zu Ende, so verzweifelt schaute er mich an. »Der Film wird nicht weitergedreht, wenn sein Schützling nicht

spielt.« Ich merkte, wie der Boden unter meinen Füßen schwankte. Ich spielte meinen letzten Trumpf aus: »Und wenn *ich* nicht spiele?« »Da müßtest du aber einen sehr schwerwiegenden Grund haben«, sagte er, und es klang unverhohlen drohend: »Da müßtest du schon sehr krank werden oder einen Unfall haben, nicht unter einem Arm- oder Beinbruch, und das wäre doch schade, oder?«

Jetzt war es an mir, eine lange Pause zu machen. Die Kerle drohten mir, das war klar. Es konnte ein Spiel sein. Aber mir war schon einige Male der Gedanke gekommen, daß die Produktion nicht ganz astrein war. Es hatte da Gerüchte gegeben, wer finanziell dahinterstünde. Schließlich wurde mir klar: Wenn sie sich so dekuvrierten, wie sie es eben getan hatten, mußten sie ganz schön unter Druck stehen, das konnte kein Spiel sein. Ich merkte, daß ich verloren hatte. Ich fühlte, wie mir das Blut im Kopf siedete: Es konnte doch nicht wahr sein, daß die mich an der Angel hatten und mich nicht vom Haken ließen.

Ich stand langsam auf, atmete tief durch und nahm zu einer typisch italienischen Redensart Zuflucht, die es im Deutschen und auch wohl in keiner anderen Sprache gibt, eine Wendung, die einem ohne allzu großen Gesichtsverlust den Rückzug aus einer aussichtslosen Lage offenhält: *»Come non detto«* (Als hätte ich nichts gesagt), was auch hieß: Dann soll der Don eben seinen Film mit seinem Schützling haben. Aber ihr werdet keine Freude an mir haben. – Aber das brauchte ich nicht zu sagen.

Der Film wurde ein Riesenerfolg. Von dem Schützling des Don hat man jedoch nicht wieder gehört. Vielleicht ist er inzwischen selbst ein Don, wer weiß? Und könnte mir diese Geschichte sehr übelnehmen.

Der Dieb von Trastevere

Wir hatten bei *Galeazzi* auf der Piazza Santa Maria in Trastevere zu Mittag gegessen und waren beim Espresso angelangt. Wir saßen faul in der Frühlingssonne und genossen unsere Siesta. Herbert hatte seine Tasche mit Kameras und Zubehör zwischen seine Beine geklemmt. Er war damals ein bekannter Photograph, der seit Jahren in Rom wohnte und für viele deutsche und amerikanische Illustrierte arbeitete. Da entspann sich vor uns auf der Piazza ein Disput zwischen zwei jungen Burschen über einen damals populären Fußballspieler, soviel bekamen wir mit. Der Wortstreit gewann an Lautstärke, schließlich wurden die beiden handgreiflich.

Herbert und ich hatten dem Streit wie Zuschauer in vorderster Reihe zuerst amüsiert zugesehen, doch dann rückten die beiden Streithähne

immer näher, bis einer der beiden gegen den Ne-
bentisch geschleudert wurde, Tassen fielen herunter und zersprangen klirrend auf dem Pflaster.
Eine ältere Dame sprang, Kaffeeflecken auf ihrem
weißen Sommerkleid, mit einem Schrei auf. Ich
fand, daß es Zeit zum Eingreifen war, versuchte
schlichtend zwischen die beiden Raufbolde zu gehen, Herbert hielt mich zurück, drückte mich auf
meinen Stuhl. Alles beruhigte sich schnell, die
beiden Burschen waren plötzlich wie vom Erdbo-
den verschluckt, und mit ihnen Herberts Tasche
mit den Kameras. Herbert fluchte, und ich ärgerte
mich, daß ich auf das Theater der beiden Diebe
hereingefallen war. Herbert meinte, daß wir den
Diebstahl bei der Polizei anzeigen müßten, nicht,
daß das irgend etwas nützen würde, aber wegen
der Versicherung.

Mir war vor einiger Zeit auch eine Kleinbildka-
mera gestohlen worden. Ich war damals zur Polizei gegangen. Der Beamte hatte schulterzuckend
erklärt, daß da wohl nicht viel zu machen sei. Man
müsse eben besser auf seine Sachen aufpassen. Er
hatte widerwillig ein Protokoll über den Diebstahl
aufgenommen, doch am Ende war er hinter seinem Schreibtisch hervorgekommen, hatte mich
auf den Flur hinausbegleitet, mir vertraulich den
Arm um die Schulter gelegt und mir »privat« ei-

76

nen Tip gegeben: »Wenn Sie Ihre Kamera wieder-haben wollen, gibt es nur eine Möglichkeit: Ge-hen Sie am Sonntagmorgen zur Porta Portese, dem großen Trödelmarkt. Dort werden Sie viel-leicht Ihre Kamera wiederfinden. Und dann kau-fen Sie sie eben zurück.« »Zurückkaufen?« hatte ich entrüstet gefragt, und er hatte mir den drin-genden Rat gegeben, ja nicht die Polizei zu rufen, um den Hehler anzuzeigen und auf diese Weise an mein Eigentum zu kommen.

Daher hatte ich eine bessere Idee: Mein schwer-gewichtiger Freund Peter Berling wohnte gleich um die Ecke. Er hatte sich kürzlich seiner guten Kontakte zur lokalen Diebesmafia gerühmt. Er könne zum Beispiel seinen Wagen offen vor der Tür stehenlassen, ohne daß er gestohlen würde. Wir klingelten, er rief uns von seiner Terrasse zu heraufzukommen. Wir stiegen die steilen Trep-pen zu seiner Mansarde hoch, wo er uns empfing und durch die kleine Wohnung, zwischen un-glaublichen Zeitungs- und Bücherstapeln hin-durch, auf die Terrasse bugsierte. Dort ließ er seine zweieinhalb Zentner in die Hängematte fal-len, daß die Balken bedrohlich ächzten. Er hörte sich unsere Geschichte an und versprach uns, mit dem Oberdieb von Trastevere zu sprechen. Als Kostprobe erzählte er uns eine kleine Geschichte, die sich vor ein paar Monaten ereignet hatte. Ein ihm befreundetes deutsches Ehepaar, er Drehbuchautor, sie Schauspielerin, hatte ihn auf der Durchreise hier in Trastevere besucht. Die beiden hatten ihren Wagen unweit seiner Wohnung geparkt und ihr ganzes Reisegepäck im Auto gelassen. Er habe die beiden gleich auf ihren Leichtsinn aufmerksam gemacht, der Ehemann sei auch gleich hinuntergesaust, aber es war schon zu spät, der Wagen mitsamt Gepäck verschwunden.

Er, Peter Berling, sei mit den beiden hinunter auf die Piazza gegangen, wo um diese Zeit Romolo Mancini, der große Boß, seinen Cappuccino zu trinken pflegte. Dem habe er klargemacht, daß es leider den Falschen erwischt habe, denn sein deutscher Freund sei ein bekannter Autor, der, so log er, gerade ein Drehbuch über Rom im allgemeinen und Trastevere im besonderen schreibe, und ein solches Mißgeschick würde doch Trastevere schaden, und das könne er, Romolo, doch nicht zulassen. Am gleichen Abend seien der Wagen und das ganze Gepäck wieder aufgetaucht. Es fehlte nichts bis auf ein goldenes Medaillon mit Kettchen, ein Erbstück, dessen Verlust die Frau seines Freundes besonders schmerzte. Er habe es kaum gewagt, den Oberdieb daraufhin anzusprechen, habe es dann doch getan und eine verblüffende Antwort bekommen. Was dieses kleine Schmuckstück anginge, so könne selbst er, Romolo, nichts mehr unternehmen. Die Diebe hätten es in einer der Kirchen Trasteveres der Muttergottes geopfert, und man müsse doch einsehen, Erbstück hin, Erbstück her, daß man der Jungfrau Maria ein einmal gemachtes Geschenk nicht wieder abnehmen könne.

Auch Herbert hatte einen Tag später seine Kameras zurück, vollständig, bis auf eine kleine, besonders seltene Leica. Ich bezweifle allerdings, daß diese an der Marienstatue in einer der Kirchen Trasteveres hängt.

In Berlings Erzählung hörte ich zum ersten Mal den Namen: Romolo Mancini.

Später erfuhr ich mehr: *Romolo Mancini* entstammt einer alten Dynastie von Dieben aus Trastevere, den Erzfeinden der Diebeszunft auf der gegenüberliegenden, der römischen Seite des Tibers, denn die Trasteveriner fühlen sich so wenig als Römer wie die Neapolitaner als Italiener. Romolo war schon durch die Schule seines Vaters und Großvaters gegangen, deren Familienmotto war: *Du sollst stehlen, aber dich nicht erwischen lassen!* Freilich war dieses Gebot nicht immer leicht einzuhalten. Großvater Annibale Mancini hatte dreizehn Jahre im Gefängnis *Regina Coeli*, das gleich um die Ecke lag, zugebracht, Vater Remo Mancini war stolz, es nur auf sechs Jahre gebracht zu haben.

Romolo gab schon als Zehnjähriger Anlaß zu der Hoffnung, diesen Rekord unterbieten zu können, als er, ohne erwischt zu werden, während des Osterhochamtes auf dem Petersplatz den Bischofsstab des Papstes stahl. Der wurde allerdings auf Befehl des Bosses aller trasteverinischen Gangster reumütig zurückgegeben.

Dies war das stolze Lehrlingsstück Romolos, der im Alter von zwölf Jahren Chef einer Diebesbande wurde und sich in den folgenden Jahren ein beachtliches Renommee erwarb, indem er mit unermüdlichem Erfindergeist immer wieder neue Techniken des gewaltlosen und phantasievollen Diebstahls auf den Markt brachte, die dann Schule machten und über Trastevere und Rom hinaus Verbreitung fanden.

Romolo Mancini wird zum Beispiel die Erfindung des Pelztricks zugeschrieben, der in den siebziger Jahren in Rom und später vor allem in Mailand mit beachtlichem Erfolg nachgeahmt wurde: Wenn sich eine Dame im Pelzmantel, was damals ja noch üblich war, nach Trastevere wagte, lief ein kleiner Bengel auf sie zu und zerschlug auf ihrem Kopf ein rohes Ei, dessen Inhalt sich unweigerlich über das kostbare Stück ergoß. Prompt war ein soignierter, grauhaariger Herr zur Stelle, der galant seine Hilfe anbot: »Signora, so eine unglaubliche Frechheit! Das müssen wir aber sofort in Ordnung bringen. Kommen Sie dort hinüber in die Bar...« Unterdessen half er dem armen Opfer aus dem Pelzmantel, der ihm dann prompt von auf einer Vespa vorbeibrausenden Burschen aus den Händen gerissen wurde. Der soignierte Herr lief hinter den Pelzdieben her, schrie: »Al ladro, al ladro!« – haltet den Dieb – und ward natürlich nie wieder gesehen. Es gehörte zu Romolos Berufsehre, daß nie Gewalt angewendet wurde. Nie hätte er eine Dame, beim Entwenden einer Handtasche etwa, in Gefahr gebracht oder mit vorgehaltener Waffe, wie es heute leider üblich ist, Beute gemacht. Er kam vielmehr mit immer neuen Ideen auf den Markt. Es war die Zeit, als mit schöner Gründlichkeit die Wohnungen prominenter Römer, vornehmlich aus dem Showgeschäft, ausgeräumt wurden. Daran waren die Betroffenen nicht ganz schuldlos. Eitelkeit und Besitzerstolz verführten viele Prominente, ihre Wohnungen in Einrichtungszeitschriften oder mondänen Illustrierten ablichten zu lassen. Die auf solche Magazine abonnierten Diebe konnten sich so vorab die lohnenden Gegenstände aussuchen oder sogar auf Bestellung stehlen. In letzter Zeit hatte die Polizei jedoch einige der Diebesbanden dingfest gemacht, und das bedeutete für die Einbrecher harte Zuchthausstrafen. Hier hatte sich Romolo nun einen strafverkürzenden Trick ausgedacht. Die Bande drang nachts in ein Haus ein, machte sich jedoch nicht gleich ans Ausräubern, sondern ging erst einmal in die Küche. Dort wurde dann sachverständig und ausgiebig gekocht und gegessen. Wurden die Diebe bis dahin überrascht, war es eben Mundraub, und sie kamen mit ein paar Tagen Gefängnis davon. Wenn nicht, wurde die Wohnung in aller Ruhe ausgeräumt. Ein Trick trägt besonders deutlich Romolos Handschrift: der Theaterkartentrick, der besonders in der Theaterstadt Mailand Schule machte. Ein stolzer Autobesitzer findet eines Abends seinen Wagen nicht mehr. Er zeigt den Diebstahl an, ist am nächsten Morgen jedoch sehr erstaunt, sein geliebtes Auto vor seinem Haus wiederzufinden, unbeschädigt, nur mit einem Briefchen unter dem Scheibenwischer: »Sehr geehrter Herr, ich muß mich entschuldigen, daß ich gestern abend in einer dringenden Notsituation – meine kleine Tochter mußte mit einem drohenden Blinddarmdurchbruch in die Klinik – Ihren Wagen ›auslieh‹, da kein Taxi und kein Krankenwa-

gen zu finden waren. Ich stelle mir vor, daß Sie
sehr ungehalten über den ›Diebstahl‹ waren, und
es ist mir sehr peinlich, daß Sie mich als Dieb be-
trachten müssen. Ich hoffe jedoch, daß Sie mir
verzeihen können. Nun sah ich in Ihrem Wagen
einige Musikkassetten guter Opernmusik und
schließe daraus, daß Sie ein Opernliebhaber sind.
Es trifft sich, daß am folgenden Samstagabend in
der hiesigen Oper der große Feruccio Tagliavini
als Cavaradossi ein einmaliges Gastspiel in der
Tosca gibt. Es war mir gelungen, für mich und
meine Familie sehr gute Karten für diese Auffüh-
rung zu ergattern. Leider zwingt mich ein Trauer-
fall, schon morgen zu einem Begräbnis in den Süden unseres Landes zu reisen, so daß ich die *Tosca*
leider nicht sehen kann. Um nun Ihre volle Verzei-
hung zu erlangen, erlaube ich mir, Ihnen meine
Tosca-Karten in Ihren Briefkasten zu werfen. Ich
wünsche Ihnen und Ihrer Familie einen schönen
Abend in der Oper, der mir und meiner Familie
leider versagt bleibt. Ich bitte nochmals um Ver-
zeihung und verbleibe Ihr…« – Am folgenden
Samstagabend saß der gerührte Autobesitzer mit
seiner Familie in der Oper und lauschte verzückt
der Musik Puccinis und dem betörenden Belcanto
Tagliavinis, während Romolos Bande in aller
Ruhe seine Wohnung ausräumte.

Der ganze Stolz Romolos waren allerdings Diebestricks, bei denen man nicht erwischt werden *konnte*. Eine kleine, harmlose Kostprobe lieferte mir Romolo eines Tages selbst. Ich war neugierig darauf gewesen, ihn kennenzulernen. Peter Berling arrangierte ein gemeinsames Abendessen in einem vornehmen Restaurant in der Innenstadt, denn es war natürlich unmöglich, Romolo in »seinem« Trastevere einzuladen. Während des Essens hatte einer unserer Freunde, durchaus bürgerlich und ehrlich, wohl durch Romolos Gegenwart ermutigt – wir hatten ihn eingeweiht –, eine sehr kostbare alte Pfeffermühle bemerkt, die auch mir aufgefallen war und die er nur zu gerne »mitgehen« lassen würde. Zu unserem Erstaunen meinte ausgerechnet Romolo, daß man das doch nicht machen könnte. Unser Freund, dessen Namen ich verschweige, zeigte uns, als wir später das Lokal verließen, voller Stolz seine Beute: die Pfeffermühle, die er, unter der Jacke versteckt, mitgenommen hatte. Wir hatten nicht bemerkt, daß Romolo nicht mit uns herausgekommen war. Wir warteten auf ihn, während unser frischgebackener Dieb mit seiner Pfeffermühle auf heißen Kohlen stand. Endlich erschien Romolo. Er machte ein langes Gesicht und berichtete, daß die Besitzer des Restaurants den Diebstahl bemerkt hätten. Man habe ihn diskret zurückgehalten und auf die verschwundene Pfeffermühle aufmerksam gemacht. Man hätte sogar gedroht, die Polizei zu rufen, um des Erbstücks wieder habhaft zu werden. Nur mit Mühe habe er, Romolo, die Besitzer davon abhalten können, indem er ihnen 100 000 Lire hingeblättert habe, eine Riesensumme damals, mehr als ich für das ganze Abendessen bezahlt hatte.

Beschämt rückte unser Freund, der Amateurdieb, sein Diebesgut heraus und übergab es Romolo, da der ja dafür bezahlt hätte. Dann verabschiedete er sich ziemlich sauer und abrupt von uns. Als er verschwunden war, lachte Romolo verschmitzt und gestand uns, daß seine Geschichte gelogen war. Niemand im Lokal hatte das Verschwinden der Pfeffermühle bemerkt, er habe sich nur für ein paar Minuten in der Toilette aufgehalten. Er schenkte mir die Pfeffermühle als Dank für das vorzügliche Abendessen. Wird man mir verübeln, daß ich sie nicht zurückgegeben habe?

Doch eines Tages erwischte es auch Romolo. Nicht daß er einen direkten Fehler gemacht hatte, nein, er wurde von einem Hehler ans Messer geliefert und saß vier Jahre in *Regina Coeli*, dem sinni-

85

gerweise nach der Himmelskönigin benannten Gefängnis. Vorher hatte er noch geheiratet und die arme Braut in anderen Umständen zurückgelassen. An manchem warmen Sommerabend hörte ich vom Gianicolo über den Tiber herüber bis zu meiner Wohnung die Stimme seiner Frau Catarina, die, wie viele Frauen und Bräute, von dem Hügel herunter ihren gefangenen Männern Botschaften in das unterhalb liegende Gefängnis zuriefen. »Romoloooooo!« hörte ich sie manchmal ganz deutlich rufen, »Spartaco t'abbracciaaaa! Si sta facendo grande e forteeeee!«* So sah Romolo seinen Sohn Spartaco erst dreijährig, als er aus der Haft entlassen wurde. Bei seiner Hochzeit hatte Romolo seiner Catarina versprochen, daß er nie wieder stehlen würde, und er hielt sein Versprechen.

Romolo kaufte ein Taxi, erwarb eine Lizenz und wurde ein braver Taxifahrer. Spartaco, sein kleiner Sohn, gedieh prächtig und war ein aufgeweckter, flinker Bengel, der allerdings, kaum im schulfähigen Alter, seinem Vater Sorgen bereitete. Der Kleine klaute wie ein Rabe. Wenn Romolo ihn in seinem gelben Taxi von der Schule abholte, geschah es immer öfter, daß die Lehrerin

---

* »Spartaco umarmt dich! Er wird groß und staaark!«

ein ernstes Wort mit Romolo sprechen mußte, wenn der kleine Spartaco wieder einmal dies oder jenes hatte mitgehen lassen. Anfangs setzte es auch die geforderte Tracht Prügel, doch dann konnte sich Romolo nicht anders helfen, als Spartaco das alte Motto seiner Familie beizubringen: *Du sollst stehlen, aber dich nicht erwischen lassen.*

Von nun ab gab Romolo seinem Sohn regelmäßig Unterricht in der hohen Kunst des Stehlens. Der war nun ein so gelehriger Schüler, daß er vorerst in der Schule nicht mehr auffiel. Und Romolo war stolz auf seinen begabten Filius.

Romolo hatte außerhalb der Stadt einen Schuppen für sein Taxi gemietet, wo er an Sonntagen den Wagen wusch oder reparierte. Für Spartaco gab es nichts Aufregenderes, als seinem Vater dort zu helfen und vor allem sich diesen oder jenen neuen Trick zeigen zu lassen.

So kam der Tag, an dem Romolo nicht widerstehen konnte, seinen Lieblingsplan zu verwirklichen. Er ließ Spartaco immer wieder mit verbundenen Augen alle Arten von Schlössern öffnen, vor allem Schlösser von Koffern und Taschen. Dann machte er sich eines Sonntags an die Arbeit. Er öffnete den Kofferraum seines Taxis und schnitt eine Öffnung in die Trennwand zwischen

87

Kofferraum und Wagenfond. Dann ließ er Spartaco durch die Öffnung kriechen, der das leicht schaffte. Romolo schmiedete eine Schiebetür, mit der sich das Loch leicht schließen ließ. Der enge Raum unter der Sitzbank wurde ausgepolstert. Vor der Öffnung wurde ein schwarzer Vorhang angebracht. Es gab sogar eine kleine Lampe, die vom Fahrersitz aus ein- und ausgeschaltet werden konnte. Spartacos erster Arbeitsplatz war fertig.

Romolo fuhr nun, mit Spartaco in seinem engen Versteck, nur noch die großen römischen Hotels an: das *Grand Hotel*, das *Excelsior*, das *Hasler*. Und er nahm nur Fahrten zum Flughafen an. Die Gepäckstücke wurden eingeladen, der Kofferraum geschlossen, und sobald Romolo hinter dem Steuerrad saß und losfuhr, schaltete er, vom Fahrgast unbemerkt, die kleine Lampe an, die Spartaco anzeigte, daß der Weg frei war. Der kroch aus seinem Versteck und machte sich an die Arbeit. Es gab kaum einmal ein Schloß, das ihm länger als eine Minute Widerstand geleistet hätte. Vor allem interessierte ihn das Handgepäck, in dem erfahrungsgemäß die kostbaren Dinge verstaut waren, wie Geld und Schmuck. Bevor Romolo in die Nähe des Flughafens kam, gab er Spartaco ein Blinkzeichen, die durchsuchten Gepäckstücke sorgfältig zu verschließen und mit

88

dem Diebesgut wieder aus dem Kofferraum in sein Versteck zurückzukriechen. – Der Trick funktionierte problemlos. Die armen Opfer bemerkten erst, wenn sie im Flugzeug saßen oder zu Hause in Amerika ankamen, daß sie bestohlen worden waren, und zerbrachen sich den Kopf, wie und wo das hatte geschehen können.

Die schöne Idee hätte nun ein paar Jährchen funktionieren können, bis Spartaco zu groß sein würde, um durch das kleine Loch kriechen zu können. Doch es sollte anders kommen.

Romolo fuhr eines Vormittags einen eiligen Gast zum Flughafen. Der kleine Spartaco war auf dem Posten. Romolo fiel auf, daß der Mann immer wieder nervös auf die Uhr schaute. Er versuchte von seinem Fahrgast die Abflugzeit zu erfahren, um ihn beruhigen zu können, doch es haperte mit der Verständigung. Romolo hatte wie immer sein Lampensignal gegeben, und Spartaco hatte sich an die Arbeit gemacht. In einem kleinen Koffer fand er ein schweres Päckchen, das jedoch mit Klebestreifen so kunstvoll verschlossen war, daß ein unauffälliges Öffnen nicht in Frage kam. Da Spartaco in dem Gepäck sonst nichts Stehlenswertes fand, nahm er das handliche Gepäck und verstaute es in seinem Versteck. Bei der Ankunft in Fiumicino verschwand der nervöse Fahrgast eilig, und man kann nur mutmaßen, daß er den besagten kleinen Koffer irgendwo abstellte, der dann von einem Komplizen über irgendwelche dunklen Kanäle in ein abflugbereites Flugzeug geschmuggelt wurde, während der Nervöse auf der Zuschauerterrasse stand und, immer wieder die Uhrzeit kontrollierend, auf das Flugfeld hinausstarrte, wo die Maschine mit dem geheimnisvollen Koffer zur Startbahn rollte, schließlich startete und sich in den blauen Himmel erhob. In verbissener Erwartung verzerrte sich das Gesicht des Mannes, jetzt mußte es doch soweit sein! In der Tat erschütterte Sekunden später eine ferne Explosion die Luft. Fassungsloses Erstaunen muß sich wohl auf seiner Miene gezeigt haben, denn das Flugzeug zog weiter unbeirrt seine steile Bahn...

Nur einige Kilometer entfernt lagen zur gleichen Zeit ein paar rauchende Blechtrümmer auf der Autobahn nach Rom, deren da und dort noch gelbe Farbe auf ein Taxi schließen ließen; am Straßenrand brannte das trockene, hohe Gras.

Nur eine knappe Minute vorher hatte Romolo wie immer an einer Parkbucht angehalten, um Spartaco aus seiner unbequemen Lage zu befreien, der wie oft nach einer solchen Diebesfahrt seiner Blase Erleichterung verschaffen mußte, und auch diesmal war Romolo mit seinem Sohn über die niedrige Barriere gestiegen, sie hatten ein paar Schritte die Böschung hinunter gemacht und standen gerade einträchtig pinkelnd nebeneinander, als eine ungeheure Druckwelle sie auf die Erde warf. Die Trümmer von Romolos Taxi flogen ihnen um die Ohren, beide hielten die Hände an den Kopf gepreßt. Dann erhoben sie sich schwankend und betäubt. Nach ein paar Schritten die Böschung hinauf sahen beide, was von ihrem Taxi übriggeblieben war. Die breite Schiene des Metallzauns der Autobahnbegrenzung ragte verdreht und leise schaukelnd hoch in die Luft. Auf der gegenüberliegenden Seite der Autobahn hatten einige Autos gehalten, und die Insassen starrten mit offenem Mund auf die Szene. Spartaco begann leise zu weinen, und Romolo drückte ihn tröstend an seinen Schoß.

Heute ist Romolo nur noch ein braver Taxifahrer, und Spartaco ist ihm längst über den Kopf gewachsen. Er hat eine Automechanikerlehre hinter sich, möchte aber unbedingt Profifußballspieler werden.

Die Diebe von Trastevere stecken in einer schweren Krise, denn von genialen Diebestechniken hat man schon seit Jahren nicht mehr gehört.

Bis vor ein paar Wochen. Da waren auf einmal samstags morgens in Trastevere an drei Banken über Nacht Bargeldautomaten angebracht worden. Wenn einer sich zu bedienen versuchte, war kein Geld zu bekommen, und auch die hineingeschobene Kreditkarte wurde nicht mehr ausgespuckt. Jetzt mußten die fluchenden Kunden bis Montag warten, um bei der Bank ihre Karten zurückzufordern.

Was war geschehen? Die Automaten waren geschickt gebaute Attrappen, die die Karten schlucken und den eingegebenen Geheimcode der Karte festhalten konnten. Mit den so ergaunerten Karten wurden dann übers Wochenende an richtigen Automaten ungestört die entsprechenden Konten ausgeräumt. Diesen Attrappentrick hatte es in anderer Form vor etwa zwanzig Jahren schon einmal gegeben: Da hatte man in Trastevere vor die Nachtschalter mehrerer Banken, in die späte Kunden ihre versiegelten Geldsendungen zu werfen pflegen, perfekt nachgebildete Schalter gebaut, so daß die Geldpakete nicht im Innern der Bank, sondern in den Taschen der Diebe landeten.

Romolo hatte man schon damals in dieser Sache nichts beweisen können...

Rizinus

Theaterspielen in Italien ist kein Spaziergang unter Palmen, wenn man aus dem reichen Deutschland mit seiner einmaligen Theaterstruktur kommt. Es gibt in Italien ganze sieben, wenn das Theater in Aquila in den Abruzzen zufällig mal wieder für eine Spielzeit geöffnet ist, acht sogenannte Teatri Stabili, die Bezeichnung für subventionierte Theater mit festem Standort. Aber auch dieses »stabile« ist nicht ernst zu nehmen, denn auch diese Theater sind nichts anderes als Wanderbühnen, und davon kann man nicht einmal Giorgio Strehlers Piccolo Teatro, die renommierteste Bühne Italiens, ausnehmen, denn selbst Strehler hat kein Haus mit einem ganzjährigen Spielplan. Er kann froh sein, wenn er drei Stücke pro Jahr auf die Beine bekommt, die dann nach einer kurzen Laufzeit in Mailand auf Tournee gehen, während sein Haus in der Zwischenzeit von Aufführungen der anderen Stabili bespielt wird, und das auch nur während der »Stagione«, der Saison, die in Italien lediglich über den Winter, also sechs bis sieben Monate dauert. Dieses System hat den einen Vorteil, daß die italienischen Theaterbesucher, wollen sie zum Beispiel eine Strehleraufführung sehen, nicht nach Mailand reisen müssen, sondern jede seiner Inszenierungen in ihrem Theater sehen können.

Für die Schauspieler bedeutet dies aber, daß sie während der Stagione hauptsächlich auf Tournee und während der Sommersaison arbeitslos sind, wenn sie nicht beim Sommertheater, bei einer Theaterproduktion in einem der unzähligen Badeorte, unterkommen.

Auch die Organisation und Bequemlichkeit in bezug auf Reise und Unterbringung, wie sie bei unseren Tourneetheatern üblich ist, gibt es in Italien nicht. Das Theater ersetzt die Eisenbahnreise erst neuerdings erster Klasse zum nächsten Spielort. Um Unterbringung und Verpflegung nach der Vorstellung, die oft erst gegen ein Uhr nachts endet, müssen sich die Schauspieler selbst kümmern.

Von diesen schwierigen Bedingungen wußte ich wenig oder gar nichts, als ich das Angebot annahm, am Theater in Triest in Ödön von Horváths *Geschichten aus dem Wiener Wald* die Rolle des Metzgers Oskar zu spielen. Ich sah noch den wunderbar komisch-bösen Oskar vor mir, den mein alter Freund Rudolf Rhomberg in Otto Schenks unvergeßlicher Inszenierung an den Münchener Kammerspielen gespielt hatte.

Nun sollte ich also zum erstenmal auf einer italienischen Bühne stehen und eine doch recht große Theaterrolle auf italienisch spielen. Davor hatte ich zwar Angst, doch hatte ich mit dem Regisseur Franco Enriquez ja schon in München zusammengearbeitet und war neugierig.

Mit der Art von Schwierigkeiten, wie sie bald nach Probenbeginn über mich hereinbrechen sollten, hatte ich allerdings nicht gerechnet. In jenen Tagen gab es ein politisches Ereignis, das zeigt, wie dünnhäutig, wie anfällig das Verhältnis der Italiener zu den Deutschen seit dem Zweiten Weltkrieg ist.

Daß die Deutschen Italien lieben, hat eine uralte Tradition. Den Italiener lieben sie schon etwas weniger, vor allem, wenn sie ihm in ihrem eigenen Deutschland begegnen. Aber auch das hat sich in den letzten Jahrzehnten geändert. Verachtete man die ersten Fremdarbeiter noch, verbannte man sie noch in Ausländerghettos, be-

schimpfte man sie noch als Itaker oder Spaghetti-
fresser, so eroberten sich die fleißigen Italiener
der folgenden Generation erst Duldung, dann An-
erkennung, und heute kann sich kein Deutscher
sein Land ohne die italienische Gastronomie vorstellen. Ganz anders die Gefühle der Italiener. Sie
sind seit jeher gespalten. Auf der einen Seite ihr
Respekt vor Disziplin, Pünktlichkeit, Zuverläs-
sigkeit und Effizienz der Deutschen, auf der anderen die Angst vor dem säbelrasselnden, barbari-
schen Militarismus mit dem schnarrenden preußi-
schen Befehlston, in schlechten Kriegsfilmen immer wieder und immer noch benutzt und am Leben erhalten (»'eil 'itlerr! Rrraus, rrraus, aber
schnell! Jawoll mein Führrerr!«). Über dieses
Deutschlandklischee hat der ganz Italien überflu-
tende Tourismus der Deutschen zwar einen an-
scheinend robusten Zuckerguß aus Devisen ge-
breitet, für eine echt scheinende Freundlichkeit
gesorgt, aber bei der geringsten politischen Er-
schütterung, die sich als Bedrohung deuten läßt,
zeigt sich, wie unbelastbar und labil das Verhältnis der Italiener zu den Deutschen ist.

Ein solches politisches Ereignis war 1978 die
Befreiung des ehemaligen Obersturmbannführers
Kappler. Kappler war der sogenannte Henker der
Ardeatinischen Gräben. Gegen Ende des Zweiten

Weltkriegs, nach einem Bombenanschlag auf eine deutsche Besatzungseinheit in der Via Rasella in Rom, bei dem 33 deutsche Soldaten ums Leben kamen, hatte er als Repressalie für jeden toten Deutschen zehn Italiener – Juden, Saboteure, Systemgegner –, das ist gehandhabtes Kriegsrecht, aus den römischen Gefängnissen holen lassen und bei den Ardeatinischen Gräben außerhalb Roms erschießen lassen.

Bei einem Kriegsverbrecherprozeß nach Kriegsende hätte man ihm aus dieser Tatsache keinen Strick drehen können, doch er hatte vierzehn Gefangene mehr erschießen lassen, ihm kam's damals wohl nicht so sehr darauf an, doch für diese vierzehn zuviel wurde Kappler zu einer lebenslänglichen Festungshaft in dem noch aus der bourbonischen Zeit stammenden Militärgefängnis von Gaeta, zwischen Rom und Neapel am Meer gelegen, verurteilt. Kappler war nach über zwanzig Jahren Haft unheilbar erkrankt, die Bitten um Begnadigung oder Auslieferung von deutscher und kirchlicher Seite wurden abgelehnt, Kappler kam ins Militärspital auf Roms Monte Celio, einem der sieben Hügel des antiken Roms. Dort gelang es nun Kapplers Frau, ihren Mann unter höchst rätselhaften Umständen zu befreien und nach Deutschland zu schleusen. Diese »fre-

che Tat« entfachte einen wahren Sturm der Entrü-
stung in ganz Italien und eine Welle antideutscher
Aktionen im ganzen Land. Deutsche Touristen
fanden die Reifen ihrer Autos zerstochen und
wurden unschuldige Opfer jeder erdenklichen Art
kleiner Racheakte. Ich selbst fand den Lack meines Wagens zerkratzt und mit Hakenkreuzen ver-
sehen und den Rückspiegel abgebrochen. Hatte
man mich am ersten Probentag noch freundlich
begrüßt, hing bald ein Telegramm der italienischen Schauspielergewerkschaft am Schwarzen
Brett, in dem gegen meine Besetzung protestiert
wurde. Unterschrieben war das Telegramm von
einem mittelmäßigen Schauspieler, der meine
Rolle gern gespielt hätte, aber schon typmäßig
völlig falsch gewesen wäre. Ich ging in die Inten-
danz und bot meinen Verzicht an. Ich hatte mich
ja nicht aufgedrängt, sondern war von Franco Enriquez inständig gebeten worden. Doch der Inten-
dant winkte ab. Er nahm den Brief nicht ernst,
und Franco meinte, ich dürfe auf solch einen sicher vorübergehenden Druck nicht reagieren.
Das gäbe der anderen Seite recht. Ich blieb.

Die Hackordnung in italienischen Theatern ist ei-
sern. Das fängt bei der Zuteilung der Garderoben
an. Die erste Garderobe war für Valeria Mariconi,

Franco Enriquez' Lebensgefährtin und eine der großen Theaterheroinen Italiens. Die zweite war für Corrado Pani, der den Alfred spielte, mir hatte man die dritte Garderobe zugewiesen. Es ist auch üblich, daß ein Theaterdiener jedem Schauspieler dessen Wunsch entsprechend allabendlich ein Getränk in die Garderobe bringt. Ich fand nun immer eine große Flasche Mineralwasser auf meinem Schminktisch vor. Seit den ersten Proben hatte ich mich mit Corrado Pani angefreundet. Vor Beginn der Vorstellung kam er oft in meine Garderobe, um die Zeit bis zum Vorstellungsbeginn zu verplaudern.

Eines Abends fragte er mich, ob er von meinem Mineralwasser trinken könne, und bediente sich. Mitten in der Vorstellung begann er sich vor Leibschmerzen zu krümmen. Sobald die Szene es erlaubte, stürzte er auf die Toilette. Auch ich verspürte ziemliches Bauchgrimmen, doch hatte ich wohl weniger von dem Wasser getrunken und blieb von allzu schlimmen Attacken verschont. Doch bei Corrado häuften sich die Abgänge bei offener Szene auf beängstigende Weise. Man hielt für ihn alle Türen auf, die zur Toilette führten, er hatte kaum Zeit, sich zu säubern, und stürzte auf die Bühne zurück. Irgendwie ging die Vorstellung zu Ende.

Wir verlangten beide eine außerordentliche Betriebsversammlung für den folgenden Tag. Corrado sprach als erster und hielt eine böse Rede, er prangerte das Verabreichen eines Abführmittels als eine der üblen faschistischen Foltermethoden an und fragte, wann denn nun nach dem Rizinus der »Manganello«, der traditionelle Prügelstock der Faschisten, in Aktion träte. Er stellte sich voll und ganz hinter mich, da es klar war, daß die Aktion mir gegolten hatte und er nur zufällig ihr Opfer geworden war. Ich haute in die gleiche Kerbe: Ich forderte den oder die Übeltäter auf, sich zu stellen und sich zu entschuldigen. Dafür versprach ich jenen vorab volles Verzeihen und Verzicht auf wie auch immer geartete Bestrafung. Meldeten sich die Täter nicht, sei ich gezwungen, alle Mitglieder des Ensembles, Techniker eingeschlossen, mit Ausnahme von Corrado Pani, als der Tat verdächtig anzusehen und zu behandeln. Keiner meldete sich. Nur ab und zu kam einer heimlich zu mir, bedeutete mir, daß er den Täter kenne, aber nicht denunzieren möchte. »Dann bist du mir besonders verdächtig«, sagte ich dann, und wenn er mich dann verdutzt ansah, erklärte ich: »Wenn ich der Täter wäre, würde ich nämlich genau das tun. Ich würde zu dem Opfer hingehen und ihm sagen, daß ich den Übeltäter kenne, um auf diese Weise den Verdacht von mir abzulenken.« Bald kam niemand mehr.

Einige Jahre später traf ich in einer Autowaschanlage an der Via Gregorio VII in Rom einen meiner ehemaligen Kollegen aus dem damaligen Ensemble. Wie unter Schauspielern üblich, erzählten wir uns unsere gegenwärtigen Verpflichtungen: Ich habe gerade mit dem und dem einen Film gedreht, ich soll bei dem und dem eine große Rolle in dem oder jenem Stück spielen..., um dann in die Erinnerung zurückzufallen: »Weißt du, daß der Soundso, der damals den alten Oberst gespielt hat, gestorben ist? Neulich habe ich auch den Dings getroffen, du weißt doch, der dir damals das Abführmittel ins Wasser getan hat... Ach, das wußtest du nicht? Oh, da habe ich wohl ein Staatsgeheimnis ausgeplaudert, aber du wirst es dir sowieso gedacht haben«, und dann: »Die Zeit heilt bekanntlich alle Wunden...«

So erfuhr ich schließlich doch noch, wer damals der Übeltäter gewesen war. Übrigens tatsächlich einer von jenen, die nachher zu mir gekommen waren, um mir zu sagen, sie wüßten, könnten es aber nicht sagen...

Die zwei Tode des armen Baràbba*

Ardore bedeutet im Italienischen soviel wie Hitze, Glut.

Ardore heißt auch ein kleiner Ort ein paar Kilometer westlich von Locri, einer alten Stadt an der ionischen Küste Kalabriens, die in den letzten Jahrzehnten leider einen sehr zweifelhaften Ruhm erlangte als die Hauptstadt der N'drangheta, dem kalabresischen Gegenstück zur sizilianischen Mafia, und auch Ardore gehört zu deren Einflußgebiet. Ein Fremder würde das nicht bemerken,

---

* In meinem Erzählband *Der Mäusetöter* hatte ich schon von dem kalabresischen Original Baràbba erzählt, doch kannte ich damals noch nicht das Ende der Geschichte Baràbbas, von dem ich inzwischen erfuhr und das mir wert erscheint, berichtet zu werden. Der Leser, welcher aus dem *Mäusetöter* den ersten Teil der Geschichte kennt, möge es mir nachsehen, wenn ich zum besseren Verständnis jenen Teil von der unglücklichen Liebe des armen Baràbba, in etwas gekürzter Form, hier noch einmal erzähle.

denn ihm erscheint Ardore als ein Fischerdorf, wie es unzählige in ganz Italien gibt. Und wie jedes andere Dorf hat es seinen Dorftrottel, obwohl Baràbba weder schwachsinnig noch verkrüppelt ist.

Wenn er ein Trinker wäre, könnte man ihn als einen Stadtstreicher, einen Clochard, bezeichnen. Nennen wir ihn ein Original. Er hat keinen Beruf, und er arbeitet nur gelegentlich. Zum Beispiel hilft er den Fischern beim Einholen der Netze. Als Lohn werfen die ihm je nach Ausbeute ein paar kleine Fische in den Sand, die Baràbba wäscht und in seinem Plastikbeutel verstaut, um sie bei Verwandten abzuliefern, die am Hafen eine Trattoria betreiben. Dafür bekommt er dort jeden Tag eine Mahlzeit am »Katzentisch« hinten im Hof neben der Küche; natürlich niemals Fisch, der ist für die zahlenden Kunden, sondern einen Teller Pasta asciutta oder Minestrone, dazu eine kleine Karaffe vom billigsten Wein.

Baràbba sieht ziemlich furchterregend aus: stechende, tief in den Höhlen liegende schwarze Augen, ein struppiger Bart und ebensolche Haare. Dennoch ist Baràbba harmlos und von einfachem Gemüt. Überhaupt hätte man nicht viel über ihn zu sagen gehabt, wenn nicht vor einem Jahr ein Ereignis über Ardore hereingebrochen wäre.

Dieses Ereignis hieß Wanda. Dabei war Wanda durchaus keine Fremde. Seit vielen Jahren, schon als Kind, kam sie jeden Sommer mit ihren Eltern aus der Toskana nach Ardore in die Ferien.

Aber im vorigen Jahr war Wanda nicht mehr das blonde, hoch aufgeschossene, etwas knabenhafte Mädchen, das mit den Gefährtinnen aus dem Dorf am Strand spielte. Wanda hatte sich innerhalb eines Jahres aus einer unscheinbaren Larve in einen wunderschönen Schmetterling verwandelt. Wenn sie mit ihren dunkelhäutigen und kleiner gewachsenen einheimischen Freundinnen am Strand auftauchte, waren es nicht nur die jungen Burschen, die ihr Ballspiel unterbrachen, auch die Mütter, die auf ihre badenden Kinder aufpaßten, ließen ihre Handarbeit in den Schoß sinken, und besonders die alten Männer, die auf einer Bank neben dem Kiosk im Schatten eines Feigenbaums saßen, verschlangen Wanda mit lüsternen Blicken, und einer sagte zum anderen: »Si è fatta bella, la Wanda!« Sie ist schön geworden, die Wanda.

Zuerst fiel es niemandem auf, doch die Alten, denen nichts entging, bemerkten als erste die Anwesenheit eines ungewöhnlichen Zuschauers: Baràbba. Der blieb zwar oben auf der Straßenböschung sitzen, aber es war auffällig, daß er den

Blick nicht von Wanda ließ. Angeführt von Spanò, dem Apotheker, begannen die Alten, Baràbba aufzuziehen. Aber da der nicht reagierte, wurde allmählich ein böses Spiel daraus. Sogar die Kinder liefen bald hinter Baràbba her und schrien: »Baràbba ama Wanda! Baràbba ama Wanda!« Baràbba liebt Wanda. Baràbba konnte darüber sehr in Wut geraten. Er lief davon, den Strand entlang, bis ihn niemand mehr sah.

Doch am nächsten Tag war er wieder da, und das Spiel begann von neuem. Aber irgendwann wurde es den Alten langweilig. Es war wieder der Apotheker, der eine Idee hatte. Er näherte sich Baràbba und flüsterte ihm zu, er wisse ganz zuverlässig, daß auch Wanda ein Auge auf ihn, Baràbba, geworfen hätte. Dies war für Baràbba so süß zu hören, daß er es nicht ertrug. Einige Tage lang tauchte er nicht mehr auf. Doch sobald er wieder erschien, trieben die Alten ihr Spiel mit Baràbba weiter. Sie machten ihn glauben, daß Wanda traurig war, ihn nicht zu sehen, und daß sie nur auf ein Zeichen von ihm warte. Dieses Zeichen wäre sein Bart. Wenn ihm wirklich daran gelegen wäre, ihr zu gefallen, so müßte er seinen Bart für sie opfern.

Am nächsten Tag erschien Baràbba tatsächlich ohne seinen Bart. Wangen und Kinn waren kreidebleich und mit unzähligen kleinen Schnittwun-

den übersät, die er sich beim Rasieren zugefügt
hatte. Auch sein Haupthaar hatte er gebändigt. Er
war kaum wiederzuerkennen. Sein Auftritt löste
natürlich große Heiterkeit aus. Doch diesmal ließ
sich Baràbba nicht ins Bockshorn jagen. Er wartete darauf, daß Wanda sein neues Aussehen bewunderte. Doch er wartete vergebens. Was Baràbba nämlich nicht ahnen konnte: Wanda hatte
am gleichen Tag Ardore mit ihren Eltern verlassen, um in die Toskana zurückzukehren. Als er erfuhr, daß Wanda abgereist war, ohne ihn gesehen
zu haben, versank er in tiefe Traurigkeit, und er
ließ sich einige Tage lang nicht sehen. Dann kam
er, wenn noch niemand am Strand war, zurück zu
jener Stelle, von der aus er Wanda so viele Male
beobachtet hatte. Als man dies den Alten hinter-
brachte, suchten sie ihn auf und sagten, er solle
doch nicht traurig sein. Sie gestanden ihm, daß
die ganze Geschichte von der Verliebtheit Wandas eine Lüge, nämlich ihre Erfindung, gewesen
wäre. Wanda hätte von ihm niemals auch nur die
geringste Notiz genommen.

Baràbba brach zusammen. Er weinte und stammelte, er wolle nicht mehr weiterleben: »Voglio
murì, voglio murì!« Spanò, der Apotheker, wußte
Rat: »Wenn du wirklich sterben willst, kann ich
dir helfen. Ich habe in meiner Apotheke ein wun-

derbares Gift. Wenn du es nimmst, wirst du keine Schmerzen haben, aber du wirst vor dem Sterben den schönsten Traum erleben, den du dir wünschen kannst, und danach glücklich hinüberdämmern.«

Baràbba flehte Spanò an, ihm diesen Zaubertrank doch zu verkaufen. Doch der versprach ihn ihm sogar großzügig als Geschenk. Er brachte Baràbba das Gift in einer braunen Flasche. Am Abend setzte Baràbba sich an den Strand, trank die übelschmeckende Flüssigkeit tapfer bis zum letzten Tropfen aus, legte sich zurück, schaute hinauf zum Mond und wartete auf seinen letzten Traum, für den er sich sicher die ewige Vereinigung mit Wanda gewünscht hatte. Er wartete lange. Doch der Traum wollte sich nicht einstellen, und auch der Tod kam nicht, um Baràbba zu erlösen. Er bekam vielmehr schreckliche Leibschmerzen, und bald floß es unaufhaltsam und übelriechend aus dem Körper des armen Baràbba, der glaubte, daß es das Leben sei, das seinem Körper entwich. Natürlich hatte sein Peiniger ihm nicht Gift, sondern eine gehörige Portion Rizinusöl gegeben. Baràbba fühlte sich um seinen Traum betrogen und wartete auf das Ende.

Am nächsten Morgen trieb das schlechte Gewissen Spanò und seine Komplizen zum Strand.

Sie erschraken. Da lag Baràbba immer noch an der gleichen Stelle und rührte sich nicht mehr. Auf seinem Gesicht, auf seinen Händen und überall auf ihm und um ihn herum wimmelten und summten Hunderte von Fliegen und anderem Ungeziefer.

Doch Baràbba war nicht tot. Die Alten schleiften ihn vom Strand in den Schatten des Feigenbaums. Spanò verabreichte ihm ein Kohlepräparat und flößte ihm Flüssigkeit ein.

Drei Tage lang lag Baràbba unter dem Baum und war zu schwach, um aufzustehen. Doch am Morgen des vierten Tages war er verschwunden, und man hat ihn monatelang nicht mehr wiedergesehen.

Fast ein Jahr später, während der Ferienzeit, kehrte Wanda zurück, schöner denn je. Die jungen Burschen zeigten ihr beim Ballspiel ihre muskulösen braunen Körper, die Mütter in ihren schwarzen Kleidern sahen mißbilligend den allzu knappen Badeanzug Wandas, und die alten Männer, eher davon angetan, saßen wie immer auf der Bank unter dem Feigenbaum, und einer sagte: »Wanda si è fatta donna!« Wanda ist eine Frau geworden. Unter ihnen fehlte jedoch der Apotheker Spanò. Der war vor Weihnachten von der N'drangheta entführt worden und, obwohl die Fa-

109

milie ein hohes Lösegeld gezahlt hatte, noch immer in den Händen der Gangster.

Baràbba blieb verschwunden. Einer erzählte, er habe ihn in Roccella Ionica, einem Ort ein paar Wegstunden östlich von Locri, gesehen. Doch es gab auch welche, die Baràbba nachts oder beim Morgengrauen an jener Stelle am Strand gesehen haben wollten, an welcher er Wanda immer mit seinen Blicken verschlungen hatte.

Seit der unglücklichen Liebe Baràbbas zur schönen Wanda waren viele Jahre vergangen. Wanda hatte geheiratet und war Mutter zweier hübscher Kinder. Im Sommer kam sie jetzt mit ihrer eigenen Familie nach Ardore in die Ferien, saß wie die anderen Mütter am Strand und paßte auf ihre badenden und spielenden Kleinen auf.

Baràbba war alt geworden. Seit langem schon war er zu schwach, um den Fischern beim Netzeeinholen zu helfen. So bekam er von ihnen auch keine Fische mehr, und da er seinen Verwandten am Hafen keine Fische mehr brachte, gaben die ihm nicht mehr sein gewohntes Essen.

In der letzten Zeit sah man Baràbba immer gebückter laufen. Er hielt beide Hände in den Hosentaschen und drückte sie gegen seinen Bauch, als hätte er Schmerzen.

Eines Tages trieb er sich am Hafen herum und schaute hungrig auf die ausgelegten Früchte an Zì Teresas Obststand, als diese plötzlich aufschrie und Baràbba kreischend bezichtigte, sie bestohlen zu haben. Sie wollte eine Melanzana, eine große Aubergine, in Baràbbas fadenscheiniger Hose gesehen haben. Baràbba erstarrte, aber als die massive Zì Teresa hinter ihrem Stand hervorkam, um sich auf den armen Baràbba zu stürzen, ergriff der, so schnell er dies überhaupt noch vermochte, die Flucht. »Al ladro! Al ladro!« Haltet den Dieb, schrie Zì Teresa hinter Baràbba her. Gleich sammelte sich eine kleine Kinderschar, verfolgte Baràbba und sang: »Baràbba è un ladro!« Baràbba ist ein Dieb. Der schleppte sich an der Mole entlang und versteckte sich ganz am Ende des Hafens in dem eisernen, verrosteten Pissoir, das die Deutschen während des Krieges dort aufgestellt hatten, und schlug den Kindern die Tür vor der Nase zu.

Inzwischen erzählte Zì Teresa aufgeregt einigen Leuten, die neugierig zusammengelaufen waren, daß Baràbba sie bestohlen hätte. Da stand Giovanni, der Dorfpolizist, von seinem Stuhl vor der Bar auf, zog seine Uniformjacke an, setzte die Mütze auf seinen schwitzenden Schädel und machte sich mit wichtigtuerischer Miene auf, sei-

111

nes Amtes zu walten. Am Pissoir angekommen, schob er die Kinder zur Seite, klopfte an die eiserne Tür und forderte Baràbba im Namen des Gesetzes auf, herauszukommen. Baràbba rührte sich nicht. Da drückte Giovanni mit seinem beträchtlichen Gewicht gegen die Tür, die jedoch ohne Widerstand aufflog, da Baràbba sich in die hinterste Ecke zurückgezogen hatte. Giovanni sagte mit seinem gutmütigsten Ton: »Sei vernünftig, Baràbba, und gib heraus, was du der Zì Teresa weggenommen hast.« Baràbba zitterte und sagte, er habe nicht gestohlen. »Was hast du denn dann in der Hose?« fragte Giovanni immer noch friedlich. Da blieb dem armen Baràbba nichts anderes übrig, als seine Hose aufzuknöpfen. Giovanni staunte nicht wenig, als er das »Diebesgut« sah. Und so kam schließlich Baràbbas Geheimnis ans Tageslicht. Giovanni erblickte nämlich Baràbbas Hernie, einen enormen Bruch, der sich aus der Leiste des Armen herausgedrückt hatte. Er hatte in der Tat Ausmaße und Farbe einer riesigen Aubergine. Giovanni starrte noch eine ganze Weile auf Baràbbas Bruch, murmelte eine Entschuldigung und ging hinaus, nicht ohne die Kinder mit einem »Das ist nichts für euch« zu verjagen.

So wurde Baràbbas Hernie stadtbekannt. Während es den einen davor grauste, wohl auch weil ihre Ausmaße in den Erzählungen sich ins Unglaubliche vergrößerten, wollten andere erst recht das »Monstrum« sehen. Nun war Baràbba zwar einfachen Gemüts, aber nicht so dumm, um in dem Interesse an seinem Bruch kein Geschäft zu wittern. Er ließ sich das Herzeigen saftig bezahlen. Nie war es Baràbba finanziell bessergegangen als in den folgenden Tagen, doch leider ging es mit seiner Gesundheit sehr schnell bergab.

Der Juli war gekommen, der glühend heiße Juli Ardores.

Es war an einem Samstagnachmittag. Die Straßen waren menschenleer, kein Lüftchen ging, das Linderung gebracht hätte. Vor dem Krankenhaus saßen zwei junge, diensttuende Assistenzärzte vor dem Eingang auf zwei Stühlen im Schatten. Als sie Baràbbas ansichtig wurden, der sich mühsam dahinschleppte, sprachen sie ihn an, aus purer Langeweile, aber auch aus Neugier, denn auch sie hätten gerne Baràbbas Bruch gesehen, aus beruflichem Interesse, versteht sich, und umsonst natürlich. Da Baràbba offensichtlich große Schmerzen hatte, ließ er sich von den beiden überreden, sich untersuchen zu lassen. Da es sich um Ärzte handelte, vergaß er, Geld zu verlangen. Scherzend führten die beiden Baràbba in den Operationssaal, halfen ihm, sich auszuziehen und

113

auf den Operationstisch zu legen. Baràbba sah sich in der großen glänzenden Lampe, die bedrohlich über ihm hing, sah verzerrt sein Gesicht, seinen Körper, seinen unförmigen Bruch und bekam es mit der Angst. Er wollte aufstehen, weglaufen, aber er war zu schwach. Auch hatten die beiden ihn jetzt an den Tisch geschnallt und begannen, an seinem Bruch herumzudrücken. Baràbba fiel in eine gnädige Ohnmacht.

Es kam nie ganz heraus, was die beiden mit ihm angestellt hatten. Den Sonntag über ließen sie Baràbba im Krankenhaus, doch am Montagmorgen mußte er sein Bett sehr früh räumen. Unter großen Schmerzen schleppte er sich die nächsten Tage durch die Straßen, am Freitag brach er schließlich mitten auf der Piazza zusammen und kam wieder ins Krankenhaus, diesmal nach allen Regeln ärztlicher Kunst unters Messer. Der operierende Arzt erschrak, als er die Bauchhöhle öffnete. – Zwei Tage später – Baràbba hatte das Bewußtsein nicht wiedererlangt – rollte man den toten Baràbba ins Leichenhaus. Nun hätte man denken können, daß man Baràbba ohne viel Federlesen in einem Armengrab verscharrt hätte, so daß er nach ein paar Wochen für immer vergessen sein würde.

Aber es geschah etwas Seltsames. Einige Kin-

114

der hatten sich, wie sie es öfter taten, ins Leichenhaus geschlichen und den toten Baràbba entdeckt,
der ja bekannt war wie ein bunter Hund. Die Kinder liefen durch die Straßen und riefen: »Baràbba
è morto! Baràbba è morto!« Das hörte auch der
alte Apotheker Spanò, der ihn vor langer Zeit mit
Rizinus traktiert hatte, als Baràbba aus Liebes-
kummer um Wanda sterben wollte. Spanò war
damals nach über einem Jahr von der N'drangheta
freigekommen, mit schlohweißem Haar zurückgekehrt und war sehr milde geworden. Er stiftete
einen kostbaren Sarg für Baràbba. Daraufhin
spendierte ein anderer Bürger, um nicht zurück-
zustehen, den sechsspännigen Leichenwagen.
Selbst der Pfarrer ließ sich nicht lumpen und
führte kostenlos das Begräbnis an. Die Leute
lehnten sich aus den Fenstern und fragten, wer
denn da so Wichtiges gestorben sei. Sie liefen auf
die Straße hinunter und schlossen sich dem Lei-
chenzug an. In solchen Dörfern ist es ja häufig so,
daß viele Familien miteinander verfeindet sind.
Doch da Baràbba keine Feinde hatte, wurde es das
größte, aber auch das heiterste Begräbnis, das
man in Ardore seit langer, langer Zeit gesehen
hatte. Sogar die Feuerwehrkapelle hatte sich, ei-
ligst zusammengetrommelt, noch vor den Zug gesetzt.

115

...s eine verschleierte Dame mit zwei Kindern ...n Baràbbas Grab trat, flüsterten die Leute einander zu: »Das ist Wanda, die große Liebe vom Baràbba!«

Das Hochzeitsgeschenk

Ich weilte zu Besuch bei guten italienischen Freunden im kalabresischen Salice, die dort unten ein großes Landhaus besaßen. Es war Siestazeit, und ich hatte mich nach dem Mittagessen hingelegt. Irgendwann hörte ich draußen auf der Terrasse Stimmen, darunter eine sehr tiefe mit einem deutlichen kalabresischen Akzent. Die Stimme des Mannes klang sehr selbstsicher und irgendwie beunruhigend. Es klang jedenfalls nicht wie der Besuch eines Freundes. Ich war neugierig geworden, und da ich die Unterhaltung nicht verstand, zog ich mich an und ging nach draußen. Beim Vorstellen blieb der Mann sitzen und gab mir die Hand mit einer kaum auffälligen Geste: Er hielt mir die offene Handfläche entgegen, bevor er sie zum weichen Händedruck einschwenkte. Ich erfuhr anschließend von meinen Freunden, daß dies ein typischer Mafiahändedruck war, die gezeigte Handfläche heißt soviel wie: Ich bin unbewaffnet. In seinem dunklen Gesicht sah ich nur die unheimlichen gelben Augen. Ich hatte verstanden, der nachmittägliche Besucher war der hiesige Boß der N'drangheta, wie die der Mafia entsprechende Organisation in Kalabrien heißt. Die genaue Bedeutung des Wortes habe ich nie ganz verstanden. Man hat mir erklärt, daß es eine Wortbildung ist, mit der man das Aussprechen des gemeinten, geheimen Wortes durch ein undeutlich ausgesprochenes vermeidet (etwa so wie manche Leute in der DDR das Aussprechen der Stasi vermieden und sagten: Didádi).

Meine Freunde hatten mir schon vorher von diesem Boß erzählt. Vor dem Haus erstreckte sich eine Obstplantage von Apfelsinen-, Mandarinen- und Zitronenbäumen. Wollte man dieses Obst verkaufen, brauchte man einen Käufer. Und der war schon seit Jahren eben jener Boß, wenn er auch nur die Hälfte, manchmal sogar nur ein Drittel des Marktpreises bezahlte.

»Warum verkauft ihr dann an ihn und nicht an einen anderen?« hatte ich naiv gefragt. »Weil kein anderer es wagen würde, das Geschäft mit uns zu machen. Wir haben nur die Wahl, ihm das Obst zu verkaufen oder es verfaulen zu lassen.«

Man lud mich ein, mich dazuzusetzen, denn es ging diesmal nicht ums Geschäft. Unser Hausmafioso war in einer privaten Mission unterwegs: Seine Tochter sollte in zwei Wochen heiraten, und seine Aufgabe war, sich um die Hochzeit und die Geschenke zu kümmern. Er hatte eine Liste vor sich liegen, auf der die Namen aller Freunde der Familie verzeichnet waren, und dahinter war angegeben, was die betreffenden Freunde zu spenden vorhatten.

Diese Listen, die vermeiden sollen, daß ein Brautpaar sieben Brottoaster oder fünf Fruchtpressen geschenkt bekommt, sind ja nicht nur in Italien Brauch, aber hier lief es doch etwas anders.

Auf die Frage meiner Freunde, was denn noch fehle oder was an Nützlichem noch zu schenken wäre, holte unser Mafioso weit aus. Er klagte darüber, wie teuer so eine Hochzeit erst einmal für ihn, den Vater, wäre. Da habe er in der Toskana Möbel für die Wohnung des Brautpaars anfertigen lassen: Schlafzimmer barock, Wohnzimmer gotisch (ich glaubte, nicht richtig zu hören: gotisch!?) und schandhaft teuer, Küche rustikal. Schließlich kam er zur Sache.

Er schob die Hausratsliste meinen Freunden unter die Augen: »Sehen Sie, was meine Tochter alles schon bekommt. Wenn Sie eine Idee für irgendein Geschenk haben, vielleicht fällt Ihnen etwas ein, das noch nicht auf der Liste steht.« Meine Freunde berieten leise und schlugen schließlich vor: »Wie wäre es mit einer schönen Kristallbowle?« Der Mundwinkel des Brautvaters verzog sich enttäuscht. Mein Freund dehnte die Geste, mit der er die Größe der Kristallschüssel angedeutet hatte, vom Ausmaß eines Fußballs zu der eines preiswürdigen Kürbisses aus. Der Mafioso lächelte, nahm die Liste wieder an sich und trug hinter dem Familiennamen meiner Freunde ein: »Eine große Kristallbowle.« Er steckte die Liste ein, erhob sich, machte eine Verbeugung und sagte: »Ich bedanke mich. Ach ja, Sie sind natürlich eingeladen! Am Samstag in vierzehn Tagen.« Er lächelte noch einmal schmierig und drehte sich um, stieg die Stufen der Veranda hinab und wollte schon zu seinem Wagen, als er unter den Pinien meinen Jaguar stehen sah. Er schaute fragend zu mir hoch: »Ihr Fahrzeug?« Ich sah, wie meine Freunde blaß wurden, und ich spielte meinen geliebten Wagen schnöde herunter: »Ja, ein Jaguar, ein uraltes Modell.« Er schlenderte interessiert auf den Wagen zu, ging um ihn herum, machte die Tür auf der Fahrerseite auf, schaute ins Wageninnere, studierte das hölzerne Armaturenbrett, beschnupperte das rote Leder der Polsterung und schlug die Wagentür wieder zu. »Ein sehr schöner Wagen!« sagte er und ging zurück zu seinem unauffälligen Fiat. Bevor er einstieg, sah er uns alle noch einmal an und sagte freundlich: »Eine große Kristallbowle – mit zwölf Gläsern!«

Als sein Wagen durch das Eingangstor verschwunden war, entbrannte ein kleiner Streit, wer von meinen Freunden denn zur Hochzeit ginge, denn wenigstens einer aus der Familie mußte, wohl oder übel, daran teilnehmen.

Als ich fragte, was sie denn von dieser Beziehung zur N'drangheta hätten außer Verlust beim Obstverkauf und erzwungenen Geschenken, sagten sie mir, daß sie im Gegensatz zu den meisten Nachbarn nicht um ihr Eigentum fürchten müßten; sie könnten das ganze Jahr über, selbst wenn sie nicht zu Hause wären, das Haus offenstehen lassen.

Als ich ein paar Jahre später wieder hinunterfuhr, meinen Jaguar ließ ich wohlweislich in Rom, war der Hausmafioso meiner Freunde »in collegio«, im Internat, wie man in Kalabrien das Gefängnis nennt. Für ein paar Jahre wenigstens konnte das Obst zu normalen Marktpreisen verkauft werden...

121

Schweigen

War es wirklich ihre früheste Erinnerung, jener Familienausflug, als ihr Vater sie auf das Maultier hob, das sie auf den Hügel zum Tempel in Segesta hinauftrug, oder war es die alte Photographie, die während ihrer ganzen Kindheit auf einem kleinen Tisch im Wohnzimmer stand und sie, Annamaria, in einem weißen Organdykleid, mit einer großen Schleife im Haar, auf dem Maultier zeigte, neben ihr ihr Vater, stolz und schwarzhaarig, der lächelnd in die Kamera schaute?

Annamaria glaubt heute noch, nach über fünfzig Jahren, sich an den Geruch nach Schweiß und Stroh des Maultiers zu erinnern, die Angst, die sie während des Gewitters empfand, das später auf den Tempel und die ganze Sommergesellschaft niederging, wie sie sich an den Hals ihres Vaters klammerte und den Wein und den Tabak in seinem großen Schnurrbart roch, als er sie immer wieder beruhigend auf beide Wangen küßte. Auch ihre Mutter, die nicht auf der Photographie ist, glaubt sie noch vor sich zu sehen, in einem fast knöchellangen, geblümten Kleid mit breiten Rüschen am Rocksaum und dem üppigen Halsausschnitt.

Annamarias nächste Erinnerung ist hingegen eine quälende Szene, die ihre ganze Kindheit auf einen Schlag verändert und ihre Liebe zu ihrem Vater getötet hat. Es muß noch vor ihrem ersten Schulbesuch gewesen sein, dem Zeitpunkt, an dem die Familie des Gerichtsvollziehers Angelo Costacurti in die Stadt, nach Messina, zog.

Eines Nachts hörte Annamaria vom Schlafzimmer ihrer Eltern herüber laute Stimmen, schließlich die spitzen Schreie ihrer Mutter. Sie stand auf, öffnete die Tür ihres Zimmers und trat auf den Flur hinaus. Jetzt hörte sie die Stimmen so laut, daß sie ihr angst machten. Noch nie hatte sie ihren Vater so schreien gehört, diese hohe, heisere Stimme konnte doch nicht die ihres Vaters sein. Jetzt verstand sie auch einiges, ohne es jedoch zu begreifen. Es waren Schimpfworte, die sie noch nie gehört hatte, dazwischen die Schreie ihrer Mutter und das Geräusch von Schlägen. Trotz ihrer Angst drückte sie die Klinke der Schlafzim-

124

mertür ihrer Eltern herunter und sah durch einen schmalen Spalt ihre Mutter in ihrem rosafarbenen Nachthemd auf dem Boden vor dem Bett liegen, sah ihren Vater, der im Schlafanzug gebückt über ihr stand, auf sie einschlug und mit den nackten Füßen nach ihr trat. Ihre Mutter wimmerte jetzt nur noch und flehte ihren Mann an, in Gottes Namen aufzuhören, während der immer wieder den gleichen Satz ausstieß: »Nichts als eine dreckige, billige, verkommene Hure!« Annamaria lief weinend zu ihrer Mutter und warf sich schützend über sie.

Danach war nichts mehr so wie früher im Hause Costacurti, kein Kinderlachen, keine Gespräche, kein Gesang. Die Mutter war völlig verstummt, Annamaria umarmte und küßte ihren Vater nicht mehr, ihre Kindheit bestand von nun an aus dem Schweigen der Mutter und den kurzen Befehlen des Vaters: »Geh zu deiner Mutter und sage ihr...«

So war Annamaria froh, daß ihr Vater sie, als sie neun Jahre alt wurde, nach Florenz ins Internat schickte. Nur zu Ostern und Weihnachten fuhr sie ins heimatliche Messina. Die großen Sommerferien verbrachte die Familie in der Villa bei Taormina, die ihre Mutter von ihren Eltern geerbt hatte. Aber auch auf diese Besuche freute sich An-

125

namaria nicht wie andere Kinder. Als sie größer wurde, kam es immer öfter vor, daß sie die großen Ferien bei einer Freundin im Norden verbrachte oder in einem Zeltlager, während jener Zeit des Faschismus große Mode und bei den sonst so streng behüteten Internatsschülerinnen äußerst beliebt. Ihre Eltern wurden für sie immer fremdere Wesen.

Der Krieg ging an den Klosterschulen fast unbemerkt vorbei. Nur das Essen war knapper und schlechter geworden. Danach kehrte Annamaria, die überdurchschnittlich begabt war, gar nicht mehr nach Hause zurück, sondern trat sofort ein Universitätsstudium in Florenz an. Sie studierte Literaturgeschichte, Französisch und jene Nebenfächer, die das Lehramtsstudium verlangte, in jener Zeit fast der einzige Ausbildungsweg, der jungen Frauen offenstand.

Es sollte nicht dazu kommen, denn schon während ihres zweiten Semesters begegnete Annamaria dem Mann, den sie nach einem knappen halben Jahr heiraten sollte. Sie trat in eines der zahlreichen Schuhgeschäfte an der Via Tornabuoni in der Florentiner Altstadt. Sie kam mit der jungen, unerfahrenen Verkäuferin nicht zu Rande und hatte sich schon erhoben, um das Geschäft unverrichteter Dinge zu verlassen, als ein junger Mann mit guten Manieren auf sie zu trat und sie bat, wieder Platz zu nehmen.

»Es wäre doch gelacht, wenn wir für solche hübschen Füße nicht das Richtige finden würden.« Annamaria mußte lachen, sie probierte und fand die passenden Schuhe.

Es stellte sich heraus, daß der junge Mann nicht ein einfacher Verkäufer, sondern der Juniorchef des Hauses war. Die Benvenutis besaßen drei Schuhgeschäfte in Florenz. Die Schuhbranche entwickelte sich in den Nachkriegsjahren explosionsartig. Enrico war der einzige Sohn und Erbe des alten Benvenuti. Dieser besaß keine Schuhfabrik, sondern ließ die Schuhe in Heimarbeit bei Hunderten von armen Familien in der Provinz fertigen. Auch Enrico hat diese Methode nie aufgegeben, auf der noch heute der internationale Erfolg der italienischen Schuhindustrie beruht. Sie hatte den Vorteil, daß eine große Produktion ohne teure Fabriken und an den Gewerkschaften und der Steuer vorbei möglich war.

Enrico war elegant, großzügig und zuvorkommend. Annamaria war beeindruckt von seiner Bildung, denn Enrico war, wie viele Florentiner, ohne Akademiker zu sein, ein solider Kenner der Florentiner Kunst und Kultur. Als Annamaria ihn, auf Enricos ausdrücklichen Wunsch hin, ihren Eltern vorstellte, sagte ihr Vater nur: »Nun ja, wenigstens brauchen eure Kinder nicht barfuß zu laufen.«

Annamaria und Enrico heirateten schon nach kurzer Verlobungszeit in Florenz, in der ehrwürdigen Florentiner Kirche Santa Maria Novella. Annamarias Eltern waren nicht zur Hochzeit erschienen. Das Brautpaar besuchte sie nur kurz in Taormina, bevor es zur Hochzeitsreise um Sizilien herum in Enricos neuem Alfa Romeo Kabriolett aufbrach.

Zur angemessenen Zeit wurde Annamaria Mutter einer Tochter: Enrica. Als ein Jahr später ihre Eltern kurz nacheinander starben, löste sie die elterliche Wohnung in Messina auf und ließ die Sommervilla in Taormina ausbauen und renovieren.

Mitte der fünfziger Jahre waren die Benvenutis mit nun über vierzig Schuhgeschäften in ganz Italien etabliert, und Enrico machte seine ersten Schritte über die Alpen, eröffnete Geschäfte in Deutschland, der Schweiz und Frankreich. Da er immer öfter und länger unterwegs war, litt die Ehe. Annamaria mied Florenz und zog sich fast vollständig nach Sizilien zurück. In ihrer Villa in Taormina hatte sie eine Gruppe alter und neuer Freunde um sich versammelt, die nun regelmäßig bei ihr zu Gast waren. Sie war eine großzügige Gastgeberin, aber es stellte sich heraus, daß es ihr nicht um das gesellschaftliche Beisammensein ging. Wenn man zu ihren Gästen gehören wollte, mußte man Zeit und Geld mitbringen. Denn Annamaria war eine Spielerin geworden. Alle ihre Gedanken kreisten um ihre neue Leidenschaft, das Spiel. Meist wurde bis in die frühen Morgenstunden gezockt. Sie schlief fast den ganzen Tag, das Abendessen für ihre Gäste war ihr eine lästige Pflicht, sie fieberte dem Augenblick entgegen, an dem sie sich wieder an den Spieltisch setzen konnte. Doch da ein passionierter Spieler unbewußt verlieren will, verlor Annamaria. Sie verlor allmählich horrende Summen, die sie zuerst mit ihrem Privatvermögen finanzierte, dann mit den großzügigen Zahlungen Enricos, aber als nach ein paar Jahren der größte Teil des Grundstücks, das zu der Villa gehörte, verkauft war, kam der Tag, an dem Enrico, dem die Spielleidenschaft seiner Frau unbekannt war, eingeweiht werden mußte. Ein alter Freund Annamarias hatte ihr, wenn sie Spielschulden gemacht hatte, immer wieder unter die Arme gegriffen, aber als der Schuldenberg zu schwindelerregender Höhe angewachsen war, mußte Annamaria ihren Mann einweihen und zum ersten Male um Geld bitten.

Nun waren in der Zwischenzeit Enricos Geschäfte immer besser gegangen, er besaß eine ganze Kette gutgehender Schuhläden in Europa und hatte schon einige Jahre zuvor den großen Schritt über den Atlantik getan, um von New York aus den amerikanischen Markt zu erobern. In Argentinien und Venezuela hatte er zwei große Gerbereien aufgekauft, in denen Rinds-, Schaf- und Ziegenhäute zu Leder verarbeitet wurden. In ganz Italien arbeitete eine straff organisierte Armee von auf meist nur einen Arbeitsgang spezialisierten Schustern, Lederherstellern, Oberlederzuschneidern, dazu kamen Stilisten, Verpacker und Versandfirmen und vor allem die gleich Handlungsreisenden umherfahrenden Organisatoren, die den Herstellern das für den jeweiligen Arbeitsgang erforderliche Material zulieferten.

Enrico war ein fanatischer Arbeiter, offensichtlich mit wenig Zeit und Sinn für ein ruhiges Privatleben, auch wenn er bei seinen kurzen Besuchen in Taormina nie ohne ein Geschenk für seine Frau und seine Tochter Enrica kam. Doch diese Stippvisiten wurden immer seltener, seine Aufenthalte in Südamerika zogen sich immer mehr in die Länge. Enrica besuchte seit einigen Monaten ein feines Internat bei Vevey in der französischen Schweiz, und so blieb Annamaria monatelang al-

130

lein in Sizilien. Als sie nun also nach Florenz fuhr, um Enrico um die besagte Geldsumme zu bitten, war dieser, wie sie jetzt erfuhr, wieder einmal in Venezuela. Er war auch telefonisch nicht zu erreichen, und so mußte Annamaria mit Enricos Geschäftsführer vorliebnehmen, der Enrico offensichtlich abschirmte und von diesem sogar ermächtigt worden war, ihr selbst beträchtliche Summen auszuzahlen. Der Betrag, um den es nun ging, brachte aber auch den Geschäftsführer in Verlegenheit. Er lehnte wortreich und bedauernd ab. So flog Annamaria noch am selben Tag nach Caracas, um Enrico aufzusuchen. In Enricos Büro bedurfte es einiger List, um herauszubekommen, daß Enrico bei Puerto Ordaz in der Nähe seiner Gerberei ein Landhaus erworben hatte. Als sie dort läutete, wurde die Tür von einer jungen farbigen Frau geöffnet, und als Annamaria Enrico zu sprechen verlangte, bekam sie zur Antwort: »Mein Mann ist nicht zu Hause.«

Annamaria war wie vom Donner gerührt. Ohne ein Wort machte sie kehrt und flog nach Florenz zurück. Dem Geschäftsführer Enricos machte sie klar, daß sie eine Klage wegen Bigamie anstrengen würde, wenn Enrico nicht umgehend zurückkäme. Schon einen Tag später traf Enrico in Florenz ein und bat zerknirscht um Annamarias Ver-

131

zeihen. Doch sie war nicht zu bewegen, auch nur ein Wort zu äußern. Obwohl Enrico es sich ein Vermögen kosten ließ, ihre Vergebung zu erlangen, blieb sie stumm. Zehn Jahre lang.

War es in ihrer eigenen Kindheit Annamaria, die unter der Wortlosigkeit ihrer Eltern gelitten hatte, so galt dies jetzt für ihre Tochter Enrica. Nun wurde sie als Vermittlerin der notwendigen Botschaften zwischen Vater und Mutter hin- und hergeschickt. Es schmerzte Annamaria, daß Enrica offensichtlich mehr an ihrem Vater hing, doch sah sie keinen Weg, Enricas Zuneigung zu erobern. Sie tat alles, um ihrem Mann aus dem Weg zu gehen, und sobald die Jahreszeit es ermöglichte, setzte sie sich nach Taormina ab und versammelte wieder die Schar der dem Kartenspiel verfallenen Freunde um sich. Wenn Enrico ab und zu dort auftauchte, mußte Annamaria die sonst so langen Spielabende verkürzen, aber selbst hier widerstand sie hartnäckig manchem Versuch der Freunde, sie mit Enrico zu versöhnen, so daß auch der immer seltener in Taormina auftauchte und sich noch besessener in seine Arbeit stürzte.

Es war Abend in Taormina. Annamaria saß mit ihren Freunden beim üblichen Pokerspiel, als das Telefon läutete. Annamarias Tochter Enrica rief aus einer Florentiner Klinik an. Enrico, ihr Vater, habe einen Iktus, einen Gehirnschlag, erlitten, es ginge um Tod und Leben. Annamaria legte den Hörer auf, kam zum Spieltisch zurück, nahm im Stehen ihr Blatt auf, das sie verdeckt hatte liegenlassen, und warf es, bitter lächelnd, offen auf den grünen Filz.

Enrico starb nicht. Zwei Monate später schob Annamaria ihn im Rollstuhl aus der Klinik.

Zu Hause war alles für die Rückkehr eingerichtet. Ein Krankenbett, eine Krankenschwester, an der Decke ein Fernsehgerät, neben dem chromglänzenden Klinikbett ein ebensolcher Nachttisch mit einem Pappagallo, wie man in Italien die Bettschüsseln nennt. Von der Decke herunter hing ein Holzgriff, auch der nicht brauchbar für Enricos erbarmungswürdigen Zustand. Die Ärzte hofften, daß die Totallähmung sich mit der Zeit bessern würde. Enricos Augen tränten, die Lider blieben halb geschlossen, die Zunge hing seitlich schlaff aus dem offenen Mund, Speichel lief am Kinn herunter. Die Ärzte hatten gesagt, daß Enrico vorerst nur verschwommen wahrnehmen, bald aber hören, wahrscheinlich sogar wieder verstehen würde. Was das Sprechen beträfe, so sei das Sprachzentrum im Gehirn durch Blutungen erheblich verletzt worden, so daß man keine Prognose über die Wiedererlangung der Sprache wagen könne.

Die größte Änderung im Hause Benvenuti aber war: Annamaria *sprach* mit Enrico, sie sprach unablässig mit ihm, flehte ihn hundertmal am Tage an, ihr irgendein Zeichen zu geben, vielleicht mit den Augenlidern; einmal die Augenlider schließen sei »ja«, zweimal »nein«, er solle es doch bitte, bitte versuchen, er müsse sie doch hören, müsse sie doch verstehen...!

War Enricos Krankheit ihr so zu Herzen gegangen, daß dieses ihr befohlen hatte, ihr Schweigen zu brechen? Mitnichten! Sie hätte sich ohrfeigen können, daß sie jahrelang so sorglos gewesen war. Wäre Enrico nämlich gestorben, sie wäre Alleinerbin gewesen; erst einmal, ihre Tochter wäre später drangekommen, aber so? Von ihrem eigenen kleinen, gebeutelten Bankkonto abgesehen, hatte und wußte sie nichts, sie kannte keine Bankkontonummer Enricos, auch nicht die Nummernkonten in der Schweiz. Sie kannte nicht einmal den Code des Panzerschranks in Enricos Arbeitszimmer. Sie hatte keine Ahnung, ob und wo Enrico Aktien oder Wertpapiere besaß, ob er jemals ein Testament gemacht hatte. Wie naiv sie gewesen war!

An den enormen Komplex des Schuhimperiums war nicht heranzukommen. Es bestand aus einem weitverzweigten Geflecht von multinationalen Körperschaften, Holdings, Aktien-, Kommanditgesellschaften, nichts davon gehörte zu Enricos greifbarem Privatvermögen. Um dieses in ihre Hand zu bekommen, gab es nur zwei Möglichkeiten: Enrico mußte sterben oder sprechen.

Annamaria fütterte Enrico, wie sie Enrica, ihre Tochter, als Baby gefüttert hatte, sie forschte in seinen Augen, ob sie reagierten, und manchmal hatte sie den Eindruck, Enrico hörte und verstünde etwas von dem, was sie ihm sagte, so schlau und bösartig schien ihr manchmal deren Ausdruck.

Tatsächlich trat nach ein paar Monaten eine Besserung ein. Die Lähmung der rechten Körperseite schien nachzulassen, der rechte Mundwinkel hing nicht mehr so schlaff herunter, der abwesende Ausdruck seines Gesichts verschwand allmählich, und er begann dem alten Enrico wieder ähnlicher zu sehen.

Annamaria hatte die Hoffnung auf eine schnelle Genesung Enricos aufgegeben. Da es Winter geworden war, hatte sie ihre Freunde aus Taormina nach Florenz eingeladen. Zwei-, dreimal in der Woche trafen sie sich in ihrer Wohnung zum Essen und anschließenden Kartenspiel. Zuerst war

Annamaria immer wieder vom Spiel aufgestanden, um nach Enrico zu sehen, doch bald empfand sie keine Hemmungen mehr, Enrico in seinem Rollstuhl ins Spielzimmer zu schieben und ihn so hinzustellen, daß sie sein Gesicht sehen konnte.

Bald glaubte Annamaria verstanden zu haben, daß Enrico gar nicht sprechen wollte. Aber sie gab nicht auf. Sie schrieb die Fragen, an deren Beantwortung ihr soviel gelegen war, auf große Zettel, setzte dem Kranken seine Brille auf und hielt ihm die Fragen immer wieder vor die Augen. Dann kam sie auf ein grausames Spiel. Sie begann Enrico zu erpressen. Für jede Handreichung, auf die er angewiesen war und die sie, den Ekel überwindend, tapfer tat, für jeden Löffel Brei, für jeden Schluck Wasser, von dem er am abhängigsten war, handelte sie Enrico schließlich Antwort für Antwort, Zahl für Zahl seiner Kontonummern ab. Am hartnäckigsten verteidigte Enrico den Code seines Safes. Als sie ihm die Kombination endlich abgepreßt hatte, brach Enrico weinend zusammen. Aber für Annamaria war es der endgültige Sieg.

Bald war es für sie nur noch ein Kinderspiel, im Beisein ihres Notars von Enrico eine Vollmacht über sein Vermögen zu erlangen. Als das gesamte Vermögen Enricos schließlich in Form von Papieren, Schlüsseln, Kontoauszügen, Goldbarren zum Greifen vor ihr lag, ging sie skrupellos an den Verkauf, die Liquidation des Teils, der am leichtesten und ohne großen Sachverstand flüssigzumachen war.

Auch das Geschäftsvermögen Enricos schwand schnell dahin. Es stellte sich heraus, daß der Geschäftsführer große Teile von Enricos Schuhimperium veruntreut, unter seine Kontrolle und sogar in seinen Besitz gebracht hatte. Das internationale Verteilernetz zerfiel, die Produktion ging in andere Hände über, die Aktien fielen in den Keller. In weniger als einem Jahr, das konnte Annamaria in der Zeitung lesen, stand der Ruin, die Liquidation der Firma, vor der Tür.

Und doch wußte Annamaria, daß Enrico ihr nicht alles preisgegeben hatte. Sie hatten selbst in der glücklichsten Zeit nicht ausführlich darüber gesprochen, doch sie wußte, daß da eine große Summe Geldes auf einem oder mehreren Nummernkonten in der Schweiz liegen mußte. Doch wie sie es auch anstellte, kein Druckmittel, keine ihrer kleinen Foltermethoden konnten Enrico zur Preisgabe seines letzten Geheimnisses bringen. Vor Weihnachten zog sie sich grollend mit den wenigen Freunden, die ihr verblieben waren, nach Taormina zurück und überließ sich ihrer Spiellei-

137

denschaft, der sie nun ohne jede Selbstbeherr-
schung frönte. Sie spielte jetzt um so hohe Einsätze, daß ihre alten Freunde nicht mehr mithal-
ten konnten und sich entweder mit ihr zerstritten
oder sie einfach mieden.

Enrico war in Florenz geblieben, umsorgt von
einer Pflegerin, als ihn eines Tages seine Tochter
Enrica besuchte. Sie war vor ein paar Tagen achtzehn geworden und teilte ihrem Vater mit, daß sie
keinen Tag länger im Internat bleiben werde. Ihr
Vater saß in seinem Lehnstuhl, sah sie lange an
und begann – zu sprechen! Enrica lief zu ihm, umarmte ihn weinend und küßte ihn. Enrico sprach
lange mit ihr, obwohl er schnell ermüdete und immer wieder Pausen einlegen mußte. Schließlich
sagte er, daß er ihr, Enrica, da sie ja nun großjäh-
rig wäre, ein Geschenk machen wolle, bevor ihre
Mutter ihm auch noch dieses Geheimnis entrei-
ßen würde, das Geheimnis des Schweizer Num-
mernkontos. Er nannte ihr die Luganer Bank und
eine Nummer mit nur fünf Zahlen. »Löse dieses
Konto auf, eröffne ein neues, und lege das Geld
gut an. Es ist das letzte, das ich besitze.«

Zwei Tage später schleppten Enrica und ein
hübscher junger Mann, seit zwei Jahren Enricas
Freund, in Lugano eine schwere Ledertasche aus
dem Banco del Lago, verstauten sie im Koffer-

raum eines funkelnagelneuen roten Sportwagens und brausten übermütig lachend davon. Sie fuhren jedoch nicht lange: Gerade zehn Kilometer weiter hielten sie vor einem Hotel in Campione d'Italia. Am Abend gingen sie ins Spielcasino und fielen durch ihre hohen Einsätze beim Baccarat auf.

Eine Woche später verkauften sie den Sportwagen, um Schulden, Hotel und die Rückreise mit der Bahn nach Italien zu bezahlen.

Enrica hat weder ihren Vater noch ihre Mutter wiedergesehen.

Das grüne Hemd

Mauro ist kein sehr bekannter Schauspieler, aber jeder kennt seine Stimme. Er ist Synchronsprecher. Seit Jahren leiht er seinen sonoren Baß den größten amerikanischen und italienischen Kinohelden. Seit einiger Zeit hört man seine Stimme in den TV-Reklamespots einer populären Biermarke. *Maloja.* Er wurde berühmt für sein tiefes, geräuntes MMMMMh! und das genüßlich langgezogene Maloooojaaa! Erst neuerdings hat man für die Biermarke auch sein Gesicht vermarktet. Es erscheint jetzt auf Plakaten, in Zeitschriften und im Fernsehen, ja sogar auf dem Etikett der Bierflaschen. Man hat ihm eine Lederstrumpf-Pelzmütze verpaßt und einen Bart, den er auch privat trägt. Wenn Mauro nicht für sein Maloja-Bier unterwegs ist, steht er im Synchronstudio. Synchronsprecher ist ein harter Job. Stunden-, tage-, mona-

141

te-, jahrelang steht man im dunklen, meist verrauchten Studio. Immer angespannt, auf dem Sprung, denn ein guter Synchronsprecher ist ein Profi, der keine langen Proben braucht und gleich synchron zu den meist englischen Lippenbewegungen der Stars da oben auf der Leinwand seinen italienischen Text spricht. Die Leinwand wurde vor ein paar Jahren durch Fernsehschirme ersetzt, auf denen die gewünschte Szene digital abgerufen wird, womit die langwierige Filmschleifentechnik veraltet war. Dadurch geht alles noch viel schneller als früher: ein stressiger Job fürwahr. Das war vielleicht der Hauptgrund dafür, daß Mauro immer stärkere Aufputschmittel brauchte.

Aber daß Mauro regelmäßig Kokain schnupfte, wußte ich damals noch nicht. Als er mich in jene kleine Trattoria in Trastevere mitnahm und mir andeutete, daß der Besitzer ihm etwas Schnee versprochen hätte, dachte ich, es sei für einen kleinen Gelegenheitssniff. Da wußte ich auch noch nicht, daß der Wirt hauptberuflich gar kein Wirt, sondern einer der großen Gangsterbosse war, und das nicht nur von Trastevere. Als wir eintraten und der »Wirt« mich erkannte, sicher hatte Mauro mich als eine Berühmtheit angekündigt, kam er auf mich zu, hob den Arm zu einem zackigen Faschistengruß und rief so laut, daß es mir peinlich

142

war: »Mussolini! Bravo! Der beste Mussolini aller Zeiten!« (Ich hatte in dem Film *Das Verbrechen Matteotti* den Mussolini gespielt.) Er begrüßte Mauro und führte uns zu unserem Tisch. Da es in dem kleinen Lokal heiß war, zog ich meine Jacke aus und hängte sie über die Stuhllehne. Da hörte ich ihn hinter mir sagen:

»Du hast aber ein schönes Hemd an.« Er duzte mich. Ohne lange zu überlegen, sagte ich: »Deins ist aber auch nicht übel.« Dabei schaute ich erst richtig hin: giftgrüne Kunstseide mit aufgedruckten Jagdszenen: rotbefrackte Reiter sprangen über Hindernisse, Rudel weißer, schwarzgefleckter Hunde verfolgten einen armen Fuchs. Ein besonders scheußliches, geschmackloses Hemd.

Wir bestellten, er verschwand, erschien aber nach einigen Minuten wieder und hatte sein Hemd gewechselt. Ich wunderte mich, konnte er etwa Gedanken lesen? Doch er stellte eine Plastiktüte vor mich hin und schaute mich erwartungsvoll an. Ich linste in den Beutel: Darin lag, nicht gerade sorgfältig gefaltet, das grüne Hemd. Ich zog es heraus, und mir stieg Schweißgeruch in die Nase. Ich bewunderte das Geschenk gebührend. Er zog strahlend ab. Mauro saß da, mit der Hand über den Augen. »Was mache ich jetzt?« fragte ich. »Da kannst du gar nicht viel machen«, grinste er, »geh aufs Klo, zieh's an und gib ihm deines.« Das hatte ich nun davon, aber was hätte ich machen können? Sagen, daß sein Hemd scheußlich war? Nur war meines eines meiner Lieblingshemden. Aber ich sah ein, daß Mauro recht hatte und ich mein Hemd opfern mußte.

Ich nahm die Plastiktüte und ging in die Toilette, holte das grüne Monstrum heraus, zog mein Hemd aus und stopfte es in die Tüte. Ich hielt den Atem an, während ich das grüne Hemd anzog, und schaute in den Spiegel. So hätte ich einen Zuhälter spielen können.

Ich trat aus der Toilette und suchte unseren Wirt. Ich sah ihn am anderen Ende des Lokals. Als er mich bemerkte, ließ ich den Plastikbeutel um meinen Zeigefinger kreisen. Erfreut kam er auf mich zu, meinte, das grüne Hemd stehe mir besser als ihm selbst. Dann schaute er in die Tüte und tat erstaunt, als er darin mein Hemd sah. »Für mich?« fragte er, und als ich nickte: »Das war aber von mir nicht so gemeint.« Wenig später winkte er Mauro und mich in sein Büro, wie er das winzige Hinterzimmer nannte. Er schloß die Tür ab und begann auf der Glasplatte des Schreibtischs ein kleines Häufchen weißen Staubes mit einer Kreditkarte zu zerhacken und zu drei Linien auseinanderzuschaben. Er reichte mir ein Plastik-

144

röhrchen, aber ich gab es an Mauro weiter. Der zog sich gekonnt eine der Linien rein und gab mir das Röhrchen zurück. Ich dachte an das Hemd und wollte mich nicht noch einmal in seine Schuld begeben, denn hier wäre sie sicher nicht mit einem Hemd zu begleichen gewesen: »Nein, nicht für mich, danke.« Die beiden sahen mich etwas enttäuscht-verächtlich an und teilten sich die Linie, die für mich bestimmt gewesen war. Dann bekam Mauro seine Ration in einem kleinen Flakon, bezahlte, und wir kehrten zu unserem Tisch zurück. Unser Wirt setzte sich zu uns, und bald waren die beiden »gut drauf«. Um mir seine Freundschaft zu beweisen, machte mir Demetrio, so hieß unser Gangsterwirt, einen Vorschlag, den ich nicht gleich begriff. Er sagte: »Mussolini, du bist mein Freund, und für meine Freunde tue ich alles, frag Mauro.« Der nickte eifrig, und Demetrio fuhr fort: »Wenn du irgendein Problem hast, sag's mir, und wir werden sehen, was ich machen kann, und im allgemeinen kann ich. Denk darüber nach und sag's mir.« Er verschwand für eine Weile. Ich fragte Mauro, was er wohl genau meinte mit seinem Angebot. »Er bietet dir gratis an, was er sonst gegen Bezahlung macht. Er meint sicher, wenn du einen Feind hast, jemand, der dir übelwill, dann könnte er das für dich in Ordnung bringen. Nein,

nein, nicht gleich was du denkst, er meint wahrscheinlich zuerst einmal eine kleine Warnung, ein sogenanntes ›avvertimento‹, einen Warnschuß, das heißt, er würde deinem Feind zum Beispiel einen Arm brechen lassen oder ein Bein.« Im allgemeinen genüge das ja schon. Nur bei ganz Verstockten oder solchen, die auf die Idee kommen, zur Polizei zu laufen, da müßte man schon ungemütlich werden. Mauro schien sich auszukennen. Doch ich fragte ihn, ob er denn allen Ernstes denken könne, daß ich ein solches Angebot auch nur im entferntesten in Erwägung zöge. Er erzählte mir, daß er ein ähnliches Angebot Demetrios schon einmal angenommen hätte. Nein, nein, es sei überhaupt nicht um etwas Gewaltsames gegangen. Nur eine Gefälligkeit. Sein elfjähriger Sohn war beim Rollerskating schwer gestürzt und hatte sich einen komplizierten Schienbeinbruch zugezogen. Man hatte wegen eines ärztlichen Kunstfehlers vor der Notwendigkeit einer Amputation gestanden. Er habe dies Demetrio erzählt, und der habe eigentlich nichts anderes gemacht als Freimaurer oder Rotarier täten, wenn sie ihre Verbindungen spielen lassen. Demetrio habe vermittelt, daß sein Sohn in die Schweiz zu einem Spezialisten kam, der – die Amputation verhinderte und seinen Sohn vollkommen wiederhergestellt hatte.

»Ein Wohltäter!« entfuhr es mir ironischer, als ich gewollt hatte. Wenn es so harmlos wäre, könnte man ja darüber reden. Mir war, während Mauro erzählte, eingefallen, daß ich tatsächlich ein Problem hatte, an dem ich seit über einem Jahr erfolglos herumlaborierte, eine hanebüchene Geschichte, auf die ich noch zu sprechen komme und in der ich, das gebe ich zu, meinem Widersacher ohne weiteres einen Armbruch gegönnt hätte.

Aber ich verjagte den Gedanken schleunigst und drängte Mauro zum Aufbruch, um mich der allzu freundlichen Umarmung Demetrios zu entziehen.

Als ich Mauro ein paar Monate später in einem Synchronstudio traf, klärte er mich beiläufig darüber auf, daß der Chef jener Bande, die vor etwa einem Jahr den Erben eines Mailänder Großindustriellen entführt und ihm, um ihrer Lösegeldforderung Nachdruck zu verleihen, einen Finger abgeschnitten hatte – sie war erst vor kurzem aufgeflogen –, niemand anderer als unser Kneipenwirt Demetrio gewesen war.

Die Untermieter

Vor Jahren hatte ich gleich neben meiner römischen Wohnung eine kleine Mansardenwohnung gemietet. Ich hatte dann die ziemlich heruntergekommene Wohnung renovieren und gemütlich einrichten lassen und wollte dort einen dienstbaren Geist unterbringen, jemand, der in meiner Abwesenheit auf meine Wohnung achtgeben, die Blumen auf der Terrasse gießen und vor allem die Katzen füttern sollte. Ich hatte die Wohnung deshalb möbliert, weil man mich darauf aufmerksam gemacht hatte, daß ich einen Untermieter, der mit eigenen Möbeln die Wohnung bezöge, nie wieder aus der Wohnung hinaus bekäme. Unter anderen Bewerbern stellte sich ein Ehepaar vor, er Frühpensionär, sie Putzfrau. Von leichten Reparaturarbeiten abgesehen – er war vor seiner Pensionierung Elektriker gewesen, konnte auch schreinern –, dürfe der Ehemann, da herzkrank, keine körperliche Tätigkeit übernehmen. Arbeiten sollte seine Frau, täglich drei Stunden Reinemachen. Das Ehepaar würde meine möblierte Wohnung beziehen, man einigte sich über einen Monatslohn, und zum nächsten Ersten stellten sie sich pünktlich ein. Erst als sie eingezogen waren, stellte sich heraus, daß die beiden gar nicht verheiratet waren, aber einen 17jährigen Sohn hatten. Das irritierte mich etwas, weil sie mir den Sohn verschwiegen hatten, doch schließlich war das nicht mein Problem. In der Wohnung hatten notfalls drei Personen Platz. Anfangs ging auch alles gut. Sie war sauber und fleißig, er legte, wenn auch selten, da und dort Hand an, wenn ein Stecker oder eine Lampe zu reparieren war. Nach ein paar Wochen stellte sich jedoch heraus, daß er keineswegs herzkrank war, er litt vielmehr an unheilbarer Faulheit. Bei schönem Wetter saß er auf seiner Terrasse – die Wohnung hatte eine geräumige Terrasse – und sah den Geranien beim Wachsen zu. Gleichzeitig ließ auch der Fleiß der Frau nach, und sie tat nur noch das Allernötigste. Ich beließ es dabei, solange sie nicht stahl, die Blumen nicht vertrocknen und die Katzen nicht verhungern ließ. Als sie sich beklagte, wie lästig es wäre, während meiner Abwesenheit immer wie-

150

der das Telefon in meiner Wohnung beantworten zu müssen, erlaubte ich dem Mann, eine Telefonleitung von meinem Apparat hinüberzulegen, so daß sie jederzeit Anrufe entgegennehmen konnten. So waren sie also zu einem kostenlosen Telefon gekommen, wovon sie eifrig Gebrauch machten. Man ahnt ja nicht, wie groß und weitverzweigt auf einmal die Verwandtschaft dieser Leute wurde.

So ging es mehrere Jahre lang mehr schlecht als recht weiter. Mal fand ich die Pflanzen vertrocknet, mal die Katzen verwahrlost, aber es war nie so schlimm, daß man ihnen hätte kündigen müssen. Meine Frau Monique versuchte Erminia, so hieß die Putzfrau, bei der Stange zu halten, indem sie ihr im Laufe der Jahre eine Menge Kleidungsstücke schenkte, die Erminia sich weiter machen ließ. Diese Geschenke stellten sich jedoch als unpassend heraus, denn eines Tages kam Erminia ziemlich aufgedonnert in die Wohnung und teilte uns mit, daß sie nunmehr eine Signora geworden wäre und als solche nicht mehr für die Arbeit als Putzfrau tauge. Sie kündige hiermit zum Monatsende. Das hätte Erleichterung auslösen können, aber der Zeitpunkt gerade vor dem Sommer war ungünstig. Wir hatten Pläne für die Ferien gemacht, und jetzt: woher in dieser kurzen Zeit zuverlässigen Ersatz besorgen? Ich war sauer und sagte, sie sollte sich in Gottes Namen zum Teufel scheren und zum Monatsende die Wohnung räumen. Darüber hätte sie auch gerade sprechen wollen. Die Sache wäre nämlich die: Die Wohnung gefiele ihr nach wie vor ausnehmend gut, es wäre ja, ehrlich gesagt, kaum eine bessere zu finden. Kurz, sie hätten beschlossen, dort wohnen zu bleiben. Sie drehte sich auf dem Absatz um und rauschte hinaus.

Nun könnte man denken, es wäre ein leichtes gewesen, diese Leute aus der Wohnung zu schaffen, zumal sie auch keine Miete bezahlten. Weit gefehlt. Ich wandte mich an einen Anwalt. Ich schlug vor, zu warten, bis alle ausgeflogen wären, um dann schnell die Schlösser auszuwechseln. Schließlich sei es meine Wohnung mit meinen Möbeln. Ich mußte mich belehren lassen, daß dies keine gangbare Lösung sei. Dies wäre, vom rechtlichen Standpunkt aus gesehen, Einbruch oder mindestens Hausfriedensbruch. Ich sah nicht ganz ein, wieso ich in meine eigene Wohnung einbrechen könnte und inwiefern das Auswechseln der Schlösser illegaler als das Verbleiben der Familie in der Wohnung sein sollte. Vom Mieterschutzstandpunkt aus wäre ich im Unrecht, meinte der Anwalt. Der Mieter als der sozial nied-

152

riger Gestellte dürfe vom Besitzer nicht ohne weiteres hinausgesetzt werden, wie auch der Untermieter durch den Mieter nicht. Es ginge nun mal nicht anders: Wenn ich die Leute loswerden wollte, müßte ich wohl oder übel eine gesetzliche Räumungsklage anstrengen. Ich fügte mich darein, denn ich wußte noch nicht, daß eine solche Klage sich in Italien vier oder fünf Jahre lang hinziehen könnte. Verständlich also, daß ich dem sauberen Pärchen die Pest an den Hals wünschte und für einen Augenblick schwankend wurde, als mir D., ein Kneipenwirt und berüchtigter Gangster aus Trastevere, man erinnert sich seiner aus der vorangegangenen Geschichte, als Freundschaftsdienst das Angebot machte, meinen Feinden einen Denkzettel zu verabreichen.

Es war über ein Jahr vergangen, seit sich meine Untermieter geweigert hatten auszuziehen. Mein Anwalt versicherte mir, daß der »Sfratto«, der behördliche Räumungsbefehl, unmittelbar bevorstünde, doch es dauerte noch einmal fast ein Jahr, ohne daß irgend etwas geschehen wäre. Nur die gesalzenen Rechnungen meines Anwalts sowie die Miete für die Wohnung, in der es sich meine Untermieter gutgehen ließen, erinnerten mich noch an die unerfreuliche Angelegenheit.

Eines Nachts hörte ich ein unheimliches Hämmern, Geschiebe und Getöse, das zweifellos aus meiner Mietwohnung nebenan kam. Was konnte das bedeuten? Ich war versucht aufzustehen und nachzusehen. Dann dachte ich mir, daß es vielleicht der lang erhoffte Auszug wäre. Aber wieso das Hämmern? Und warum mitten in der Nacht? Gleich am nächsten Morgen ging ich hinüber. Ich klingelte. Keine Antwort. Ich hatte einen Schlüssel mitgenommen und schloß auf. Das Nest war leer, die Galgenvögel waren ausgeflogen, ganz zweifellos für immer. Denn die Wohnung war ausgeräumt. Meine gesamten Möbel waren verschwunden, und mit den Möbeln Gasherd, Waschmaschine, Klosettschüssel und Waschbecken, sämtliche Wasserhähne, Steckdosen, Lampen und die elektrischen Leitungen. Und das alles nicht etwa abmontiert, sondern mutwillig aus den Wänden gerissen. Die leere Wohnung sah aus, als hätte eine Bombe eingeschlagen. Nur in der Mitte des Wohnzimmers standen einige verschnürte Kartons. Ich war entsetzt und doch irgendwie erleichtert. Ich lief gleich über die Straße, kaufte zwei neue Schlösser, Schrauben und holte einen Schraubenzieher. Dann machte ich mich daran, die beiden Sicherheitsschlösser auszubauen. Ich war mitten in der Arbeit, als meine diebischen El-

154

stern vollzählig auftauchten. Ich sollte sie gefälligst vorbeilassen, sie hätten noch einiges abzuholen. Ich nahm alle meine Beherrschung zusammen und schraubte verbissen weiter ohne aufzuschauen. Dann sagte ich leise: »Nur über meine Leiche. Das ist ja nun wirklich der Gipfel: Diebe, die alles gestohlen haben, was zu stehlen war, kommen zurück, um auch noch den letzten Rest mitgehen zu lassen. Jetzt haut ganz schnell ab, bevor ich die Geduld verliere.« Sie standen eine Weile ratlos da und zogen dann ab. Keine zehn Minuten später waren sie wieder zurück, in Begleitung eines Carabiniere. Sie seien gekommen, um meine Weigerung, ihr Eigentum herauszugeben, zu Protokoll zu geben.

Vierzehn Tage später erhielt ich eine Vorladung der römischen Staatsanwaltschaft. Ich war der versuchten Tötung mit »uneigentlicher Waffe« (Schraubenzieher) beschuldigt worden. Ich fuhr zu meinem Anwalt, ließ in sprachloser Geste die Vorladung auf seinen Schreibtisch segeln und sah ihn an, während er las. Er lachte nicht und ließ sich von mir das, was er von der Geschichte noch nicht wußte, erzählen. »Das ist eine böse Sache. Wir müssen sofort eine Gegenklage einreichen: Diebstahl, Sachbeschädigung, Vandalismus, und wir verlangen Wiederherstellung der Wohnung und Rückgabe der Möbel.« Postwendend hatten wir eine zweite Klage am Hals: Durch die »rund um die Uhr« erfolgende Beantwortung von Telefonanrufen habe sich die Arbeitszeit der Erminia P. von drei auf vierundzwanzig Stunden pro Tag erhöht. Das ergebe eine rückwirkende Lohnforderung von... bei der Zahl wurde mir schwindlig... durch die Überschreitung der Arbeitszeit von drei Stunden pro Tag (Gelegenheitsarbeit) seien Sozialabgaben von... noch eine unglaubliche Zahl... vom soundsovielten soundsoviel rückwirkend fällig. Die entsprechende Behörde sei benachrichtigt worden.

Zum angegebenen Termin klopfte ich an die Tür des Staatsanwalts.

Es war eine Frau. Ich erzählte den Hergang. Sie lächelte und sagte, daß sie solche Leute kenne. Zu meinem Erstaunen wurde mir eine Woche später mitgeteilt, daß die Staatsanwaltschaft in dieser Sache keine Anklage erheben werde. Wegen meiner Klage käme es jedoch zum Prozeß.

Vier oder fünf Monate später. Der Verhandlungstermin war um acht Uhr im Neuen Gerichtsgebäude am Fuß des Monte Mario, das mehr wie ein Gefängnis aussah, ein vierstöckiger, langgestreckter Klinkerbau, der den alten Palazzaccio, das baufällige Gerichtsgebäude am Tiber, abge-

156

löst hatte. An der Tür des Verhandlungszimmers hing ein Zettel mit dem Namen des Richters, darunter die sieben Parteien, die alle den gleichen Verhandlungstermin hatten. Als der sehr junge, elegant gekleidete Richter eintraf, stürzten alle Parteien samt Zeugen und Anwälten in den Gerichtsraum, der die Ausmaße eines normalen Büros hatte, und alle begannen gleichzeitig zu reden oder vielmehr zu schreien, da jeder sich bemerkbar und verständlich machen wollte. Erstaunlicherweise ließ sich der Richter nicht aus der Fassung bringen, rief die erste Partei auf. Ich hatte umsonst gehofft, daß eine alphabetische Reihenfolge mich bevorzugt hätte. Mein Anwalt schickte mich hinaus auf den Flur, er würde mich hereinrufen. Gerade traf auch mein einziger Zeuge, ein pensionierter Polizeibeamter, der mir beim Umbau der Wohnung mit allerlei Formalitäten zur Hand gegangen war, ein. Meine Kontrahentin, die aufgedonnerte Erminia, hatte als Zeugin ihre Schwester aufgeboten. Sie sollte wohl bezeugen, daß Erminia rund um die Uhr für mich tätig war. Der Richter bemerkte, daß sie ja dann ihre Schwester immer in der Wohnung, in der sie arbeitete, besucht haben müßte, und somit könnte sie doch diese Wohnung sehr gut beschreiben? Die Schwester hatte natürlich Erminia in ihrer Wohnung nie besucht und hatte daher keine Ahnung davon, wie meine Wohnung beschaffen war. Ein Sieg bahnte sich an. Nur in der Frage der Sozialabgaben war nichts zu machen. Sonst aber gewann ich in allen Punkten, war aber doch der Gelackmeierte. Während die Gegenpartei plötzlich unauffindbar war und mir nie auch nur einen Stuhl zurückgab und die Wohnung natürlich nicht reparierte, mußte ich meine Auflagen bezahlen: Nachzahlung der geforderten Sozialabgaben plus einer saftigen Strafe für Anstiftung zur Schwarzarbeit. Der Lohnnachzahlung entging ich mit knapper Not, weil der Richter einer acht- oder zehnstündigen Forderung stattgegeben hatte, aber vierundzwanzig Stunden...

Vor der Landung

»Meine Damen und Herren, wir werden in wenigen Minuten auf dem Flughafen *Leonardo da Vinci* in Rom landen und bitten Sie, das Rauchen einzustellen, Ihre Sitzgurte wieder festzuziehen und die Lehnen Ihrer Sitze senkrecht zu stellen. Ladies and gentlemen...«

Sam Helman klappte das Buch zu, in dem er zerstreut gelesen hatte: *Stephen Hawking – eine kurze Geschichte der Zeit –*, verstaute es in seinem Aktenkoffer und schaute auf die Uhr. Sicher, er hätte noch die Anschlußmaschine nach Neapel erreichen können, aber die letzte Fähre nach Ischia hätte er nur mit hängender Zunge oder vielleicht gar nicht mehr erwischt, und der Gedanke, in Neapel übernachten zu müssen, hatte ihn seinen Reiseplan kurzfristig ändern lassen. Er würde über Nacht in Rom bleiben, in seinem kleinen

Lieblingsrestaurant in der Vecchia Roma zu Abend essen und morgen früh mit einem Leihwagen gen Süden fahren. Zufrieden lehnte er sich zurück und schaute aus dem kleinen Fenster zu seiner Linken. Gerade verschwand der Lago di Bracciano aus seinem Blickfeld. Auf der rechten Seite würde er schon den langgezogenen Strand nördlich von Fregene sehen, hier auf der linken tauchte das Band der Autobahn Rom-Civitàvecchia auf, verstreut lagen ein paar Bauernhöfe mit Herden schwarzweiß gefleckter Kühe, hier und dort noch ein kleines Wäldchen. Der Schatten des Flugzeugs huschte immer größer werdend über Felder und Wiesen, Sam schätzte die Flughöhe auf gerade noch dreihundert, zweihundertfünfzig Meter, als er plötzlich eine Szene beobachtete, die ihm den Atem stocken ließ: Mitten auf einer kleinen Lichtung stand ein Mann mit erhobenen Armen, während vom Rand des Wäldchens her ein anderer auf ihn zulief, der eine Waffe auf ihn richtete, ein kurzer Feuerstoß, der Mann auf der Lichtung stolperte, stürzte, brach zusammen… Und da war die gespenstische Szene schon hinter, unter Sam verschwunden, nur wenige Minuten später sah man schon die Straße, die nördlich am Flughafengebiet entlangläuft. Die üblichen Beobachter, Landungsvoyeure ließen das landende

160

Flugzeug nur wenige Meter über ihre Köpfe donnern und holten sich ihren Kick, dann setzten die Reifen aufkreischend auf den schwarzen Asphalt der Landebahn auf, die Triebwerke heulten im Gegenschub auf, aus dem hinteren Teil der Passagierkabine erscholl der erleichterte Applaus einer Touristen- oder Pilgergesellschaft über die gelungene Landung, dann rollte die Maschine langsam auf das weit im Hintergrund liegende Flughafengebäude zu.

Sam saß immer noch wie gelähmt auf seinem Sitz, begann sich nun umzuschauen, ob vielleicht jemand außer ihm den Zwischenfall auf der Wiese bemerkt hatte, doch offenbar hatte keiner von jenem Geschehen etwas mitbekommen.

Im Flughafengebäude angekommen, passierte er die Paßkontrolle, wartete aber nicht auf sein Gepäck, sondern trat sofort in das Zollbüro.

Die Schreibtische waren nicht besetzt. Eine grüne Traube uniformierter Zöllner stand um einen winzigen Fernseher geschart und verfolgte mit temperamentvollen Kommentaren ein Fußballspiel. Sam stand vor einem der Schreibtische und versuchte mit lautem Husten Aufmerksamkeit zu erlangen. Schließlich bequemte sich einer der Zollbeamten, seine Sportbegeisterung zu zähmen, und wandte sich Sam zu. Als dieser sagte, er

161

hätte einen Mord anzuzeigen, bemerkte der Beamte unbeeindruckt: »Dann sind Sie hier falsch. Wenden Sie sich an die Flughafenpolizei!« Er ließ Sam einfach stehen, und sein ganzes Interesse galt wieder dem Fußballspiel.

»Wie steht's denn?« fragte Sam, es sollte sarkastisch klingen. »1:0 für Lazio«, sagte der Mann, ohne sich umzudrehen. Sam erfragte den Weg zur Flughafenpolizei und trat wenig später in ein ähnliches Büro wie das der Zollbehörde. Auch hier das gleiche Bild, nur daß es dunkelblau uniformierte Beamte waren, die um einen Fernseher herumstanden, nur etwas weniger begeistert als die Zöllner, denn offenbar hatte die Mannschaft von Lazio gerade einen Gegentreffer kassiert. So trennte sich einer der Polizisten leichter von dem Geschehen auf dem Fernsehschirm, und Sam konnte endlich seine Anzeige erstatten. Der Beamte hob erstaunt seine dichten Brauen: einmal nicht eine gestohlene Brieftasche oder eine verlorengegangene Großmutter. »Sie haben einen Mord beobachtet?« fragte er und setzte sich hinter den Schreibtisch. Sam schilderte, was er vom Flugzeug aus gesehen hatte, und es entging ihm nicht, daß sein Gegenüber die Geschichte nicht ernst zu nehmen schien, denn der Beamte wandte sich an seine Kollegen, die sich vom Geschehen auf dem Fernsehschirm nicht trennen mochten. »Ragazzi«, rief er hinüber, »hört euch das einmal an! Dieser Gentleman hier hat vom Flugzeug aus einen Mord beobachtet. Er hat im Anflug auf den Flughafen hier ein paar Minuten vor der Landung gesehen, wie unten auf einer Wiese ein Mann erschossen wurde.«

Das Interesse am Geschehen auf dem Fernsehschirm schien tatsächlich für Augenblicke nachzulassen und wandte sich Sam und seiner unwahrscheinlichen Geschichte zu. Der Sam gegenübersitzende Beamte genoß die Aufmerksamkeit der andern, er lehnte sich in seinem Stuhl zurück und wurde ganz Sherlock Holmes: »Haben Sie erkennen können, um was für eine Waffe es sich handelte?« »Natürlich nicht«, erwiderte Sam, »ich sah nur das Mündungsfeuer und den anderen Mann, wie er getroffen zu Boden stürzte.«

»Wieso können Sie behaupten, daß es sich um einen Mord handelte? Sie können doch wohl nicht vom Flugzeug aus festgestellt haben wollen, daß der Mann tot war. Vielleicht war er nur verwundet, vielleicht war er nicht einmal getroffen und ließ sich nur zu Boden fallen.«

Sam biß sich wütend auf die Lippen. »Ich möchte meine Aussage ändern. Es kann sich natürlich auch um einen Mordversuch gehandelt ha-

163

ben. Ich hielt es nur für meine Pflicht, das Gesehene anzuzeigen, da es sich offensichtlich um ein Verbrechen handelte.«

»Was versprechen Sie sich denn von dieser Anzeige?« fragte der Beamte. »Daß wir am heiligen Sonntagnachmittag eine Kompanie von Polizisten auftreiben, die den von Ihnen beschriebenen Raum nördlich des Flughafengebiets durchkämmen, um einen Leichnam zu suchen, von dessen Existenz es keinen anderen Beweis als Ihre Behauptung gibt, eine Behauptung, die sich auf nichts als eine sekundenlange Beobachtung aus einem landenden Flugzeug heraus stützt?« Er machte eine Pause und schüttete den Rest schwarzen Kaffees aus einer kleinen Espressomaschine in eine Tasse, warf zwei, drei Zuckerwürfel hinein, rührte lange mit einem kleinen Löffel darin herum und wartete wohl auf eine Antwort. Als Sam, der zu bedauern begann, daß er überhaupt irgend etwas gesagt hatte, stumm blieb, fuhr er fort: »Nun, dann wollen wir zuerst einmal Ihre Personalien aufnehmen.« Er nickte einem der anderen Beamten zu, einem sehr jungen, pickeligen Burschen mit dicken Brillengläsern, der setzte sich an die Querseite des Schreibtischs, legte pedantisch Kohlepapier zwischen Formularbögen, lud die altmodische Schreibmaschine damit und

164

schaute seinen Vorgesetzten erwartungsvoll an. Bevor der allerdings die erste Frage stellen konnte, fiel Sam ein, daß er sein Gepäck nicht abgeholt hatte, und er erklärte, daß er sich für ein paar Minuten entschuldigen müsse, damit er seinen Koffer bei der Gepäckausgabe abholen könne. Sam fühlte die Versuchung, den beobachteten Mord Mord sein zu lassen und sich einfach davonzumachen. Als könne er Gedanken lesen, sagte der Polizeibeamte:

»Aber das kommt doch gar nicht in Frage. Geben Sie mir Ihr Ticket mit dem Gepäckabschnitt, einer unserer Leute hier übernimmt das gerne, und – lassen Sie mich auch gleich Ihren Reisepaß sehen, wir brauchen ja auch Ihre Personalien...«

Sam verfluchte seinen dummen Eifer. Er hätte jetzt im Taxi nach Rom sitzen, sich Gedanken darüber machen können, was er in seinem Lieblingsrestaurant zu Abend essen würde. Im Hotel würde er seine Freunde auf Ischia anrufen, ihnen seine Ankunft mitteilen. Indessen saß er hier auf dem harten Stuhl der Flughafenpolizei, beantwortete genervt die Fragen zu seiner Person, bedauerte immer wieder seine »Mordanzeige«, gleichzeitig ging ihm aber das, was er gesehen hatte, nicht aus dem Kopf; sosehr er sich einreden wollte, daß er das, was er aus dem Flugzeug gese-

165

hen hatte, gar nicht so deutlich habe sehen können, wie es sich ihm eingeprägt hatte. Gerade kam der junge Polizist mit Sams Koffer in das Polizeibüro, und der Beamte fragte Sam, ob er den Koffer öffnen wolle. Dann wurde der Inhalt sorgfältig untersucht.

Da er nichts Verdächtiges enthielt, fragte Sam schließlich, ob man auch seinen Aktenkoffer untersuchen wolle, und rechnete insgeheim damit, daß man darauf verzichtete. Aber der Beamte zeigte keinen Humor und meinte, daß man natürlich auch einen Blick da hineinwerfen wolle. Als diese Untersuchung ebenfalls nichts Bemerkenswertes zutage förderte, wollte Sam wissen, ob dies nun alles wäre und er endlich gehen könne. So einfach sei das nicht, meinte der Beamte, es handle sich schließlich um eine Mordanzeige, und dem müsse man doch nachgehen; wenn er, Sam, es schon für so wichtig gehalten hätte, Anzeige zu erstatten, dann müsse er doch an der Aufklärung der Geschichte interessiert sein. Sam scheute sich nicht zu sagen, daß sein Interesse an der ganzen Sache in der letzten Stunde erheblich abgenommen habe. Der Polizist hob den Telefonhörer ab, wählte eine Nummer, der Ton seiner Stimme und sein Gesichtsausdruck ließen darauf schließen, daß er mit einem Vorgesetzten sprach, dem er die

Geschichte an Hand des aufgenommenen Protokolls vortrug, dies in einem solchen Kauderwelsch, daß Sam seine eigene Beschreibung nicht wiedererkannte. Der Beamte legte den Hörer auf und sagte, daß man Sam in sein Hotel bringen würde, und welches Hotel es denn sei. Sam nannte widerwillig das kleine Hotel im Centro Stòrico.

»Das trifft sich gut. Sie müssen vorher nämlich noch bei der Quästur vorbei, das ist ganz in der Nähe.«

Wenig später saß Sam mit zwei anderen Polizisten und dem Fahrer in einem Wagen, mit Blaulicht und hin und wieder mit Sirengeheul ging es über die Autobahn in die römische Innenstadt.

Es war dunkel geworden, als der dunkelblaue Alfa vor der Questura an dem Platz des Collegio Romano mit kreischenden Bremsen hielt. An diesem Sonntagabend war das Gebäude dunkel und leer bis auf ein Büro im Erdgeschoß. Sam mußte die gleichen Fragen noch einmal beantworten, und als er endlich glaubte, daß man ihn nun ins Hotel bringen würde, ging die Fahrt zum Sitz des *Sismi*, des militärischen Geheimdienstes. Als Sam fragte, was seine Beobachtung mit dem Geheimdienst zu tun habe, erfuhr er, daß die Möglichkeit bestünde, daß das beobachtete Verbrechen sich vielleicht auf militärischem Sperrgebiet ereignet haben könnte, das sich im Norden des Flughafengebiets befände.

Der Beamte des *Sismi* unterschied sich sehr von den Carabinieri. Er war jung und recht blond für einen Italiener, sein Kinn schmückte ein rötlicher Bart. Er war in Hemdsärmeln. Er entließ die Carabinieri ziemlich schroff, lud Sam ein, in seinem bequemen Büro in einem tiefen Sessel Platz zu nehmen, und bot ihm zu trinken an: »Scotch oder Bourbon, Mr. Helman?« Sam konnte sich nicht verkneifen zu sagen: »Müßte doch auch in Ihren Akten stehen, was ich trinke«, und fügte hinzu: »Zuerst mal ein Glas Wasser bitte.« Der Blonde stand auf, ging zu einem kleinen Eisschrank in der Ecke und kam mit einer großen Flasche Mineralwasser und einem Glas zurück. Dann setzte er sich an den Schreibtisch und nahm sich Sams Akte vor, während er am Telefon nach einem Mitarbeiter suchte, der mit »Leonardo« umgehen könne. Als Sam ihn fragend ansah, erklärte er: »›Leonardo‹ ist der große Computer im Keller. Wir müssen leider noch einige Einzelheiten Ihrer Angaben überprüfen. Reine Routine. Sie waren in diesem Jahr dreimal in Israel. Warum?« »Ich schreibe an einem Buch über die industrielle Umwandlung von Meer- in Süßwasser, ein Gebiet,

168

auf dem die Israelis führend sind, wie Sie sicher wissen.« »Nein, das wußte ich nicht, wie interessant!« meinte der Geheimdienstler und stand auf. Er nahm seine Jacke von der Stuhllehne und fragte: »Wie wär's mit etwas zu essen, Mr. Helman? Mein Name ist übrigens Carlo. Wir haben ein gutes Lokal ganz in der Nähe.« Als sie die Straße überquerten, hakte er sich bei Sam ein und meinte wie nebenbei: »Versuchen Sie nicht, sich davonzumachen. Es würde mir leid tun, wenn ich schießen müßte.« Sam hatte tatsächlich daran gedacht, aber er hatte natürlich schon im Büro die Waffe bemerkt und den Gedanken wieder aufgegeben. Während des Essens sprach Sams Gegenüber von harmlosen Dingen und scherzte sogar, aber als Sam auf die Toilette ging, stand sein Bewacher auf und ging wie ein Schatten mit, und als Sams Begleiter danach zum Telefon ging, nahm er ihn in die Zelle mit. Das Essen verlief ganz normal. Sie unterhielten sich, ohne ein einziges Mal über Sams Mordgeschichte zu reden. Als die Rechnung kam, wollte sich Sam beteiligen, aber Carlo winkte ab: »Vater Staat bezahlt.« Als die beiden wieder im Büro saßen, erschien endlich der Computermensch und befragte »Leonardo«, den Geheimdienstcomputer. Wenig später las Sam ein zwei Meter langes Papierband mit Details aus seinem Leben, an die er sich selbst nicht mehr erinnerte.

Es ging auf Mitternacht zu, als ein wortkarger Fahrer Sam zu seinem Hotel in der Altstadt chauffierte. Als der Nachtportier Sams Paß verlangte, zeigte ihm dieser den Zettel, den man ihm gegeben hatte und der besagte, daß die Polizei den Paß zwecks Nachprüfung einbehalten habe. Mürrisch verlangte der Portier Vorauszahlung, gab Sam schließlich den Zimmerschlüssel und fragte, ob er geweckt werden wolle. Sam schüttelte den Kopf, murmelte ein »Buona notte«, nahm seinen Koffer und stieg die teppichbelegte Treppe hinauf auf sein Zimmer.

Aus dem Ausschlafen wurde nichts. Das schrille Läuten des Telefons warf ihn fast aus dem Bett. Carlo war am Apparat und fragte, ob er gut geschlafen habe. Sam suchte den Schalter der Nachttischlampe, machte Licht und schaute auf die Uhr: 6:30.

Eine halbe Stunde später holte Carlo ihn ab. Sie gingen in eine Bar gegenüber und nahmen das typische Frühstück der Römer ein: Cappuccino und ein Cornetto. Dann stiegen sie in eine unauffällige Limousine, in der zwei Beamte warteten. Als Sam nicht fragte, wohin es denn ginge, sagte Carlo: »Wir fahren hinaus ins Grüne. Schau gut hin, ob dir die Gegend bekannt vorkommt.« Fast zwei Stunden lang kurvten sie in der Landschaft zwischen Flughafen und dem Lago di Bracciano herum, aber immer, wenn Sam meinte, den »Ort des Verbrechens« wiederzuerkennen, stimmte diese oder jene Einzelheit nicht, oder auf Carlos Befehl bog der Wagen um, da hier ja nicht die Einflugschneise verlaufe. Schließlich fuhren sie nach Rom zurück. Am Hotel angekommen, verlangte Sam seinen Paß zurück. Carlo versprach, ihn ihm ins Hotel zu schicken.

Gegen Mittag saß Sam in der Hotelbar, als ihm ein Mann auffiel, der schon so früh am Tage recht tief ins Glas geschaut zu haben schien. Da sie die einzigen Kunden waren, stellte sich der Angetrunkene vor als Nando Simonelli, seines Zeichens Maestro d'armi, »Stuntarranger«, wie man wohl auf englisch sagte, er habe schon in manchem Spaghettiwestern Schlägereien arrangiert. Doch es sei ja schon lange vorbei mit dem Westernfilm. Ab und zu gäbe es noch Arbeit in billigen Fernsehfilmen. Sam hörte kaum hin, doch als Nando, ein grauhaariger Mittfünfziger mit ein paar Narben und einer Boxernase, erzählte, daß er erst gestern am heiligen Sonntag in der Nähe des Lago di Bracciano eine Schießerei für einen Fernsehkrimi gedreht habe, wurde Sam hellhörig. Beiläufig fragte

er, warum man denn am Sonntag da draußen ge-
filmt habe, und bekam zur Antwort, daß am
Sonntag wesentlich weniger Flugverkehr
herrschte, an Werktagen könne man da ja gar
nicht mehr drehen, da eine Maschine nach der anderen in ziemlicher Tiefe über das Gelände weg-
donnere. Was hatte das zu bedeuten? War es
wirklich ein Zufall, diesem Mann hier zu begegnen? Oder hatte man den hierhergeschickt, um
Sam von einer unbequemen Entdeckung abzulenken? Es kam ihm doch allzu unwahrscheinlich
vor, daß der Mann, der die Szene auf der Lichtung
arrangiert hatte, hier bei ihm in der Hotelbar sitzen sollte. Wenn das nicht ein Schachzug des Geheimdienstes oder der Polizei war. Was erwartete
man von einer solchen Aktion? Man wollte einen
eventuellen Verdacht, daß es sich um mehr als einen banalen Mord handelte, aus dem Wege räumen. Sam entschloß sich spontan, das Spiel, wenn
es ein solches war, mitzuspielen. So lachte er laut
und schlug Nando auf den Rücken: »Na so was!
Sie werden es vielleicht nicht glauben, aber ich
habe gestern vor der Landung in Rom vom Flugzeug aus Ihre Filmszene beobachtet und für einen
richtigen Mord gehalten! Ist das nicht ein Zufall?
Gut, daß ich Sie treffe, denn ich habe diesen
›Mord‹ angezeigt. Da habe ich mich ja richtig lä-

cherlich gemacht. Ich bin Ihnen ja so dankbar!«
Er lud den Typen, der sich Nando nannte, zu einem Drink ein. Der war ganz gerührt und erzählte
Sam ein paar alte Geschichten aus der Zeit, als in
Italien noch Western gedreht wurden, die sich mit
den amerikanischen Filmen dieses Genres sicher
messen konnten. Dann schimpfte er auf das Fernsehen, das die Preise verdorben habe. Auf einmal
schien er es doch eilig zu haben und verabschiedete sich wesentlich weniger betrunken als zu Beginn seines »Auftritts«, obwohl er inzwischen
doch einige Drinks mehr reingekippt hatte; oder
sollten auch diese Drinks nicht echt gewesen
sein? Als Sam nach dem leeren Glas Nandos auf
der Theke greifen wollte, kam ihm der Barmann
mit einem schlauen Lächeln zuvor und räumte das
Glas vor Sams Nase vom Tresen. Kaum war Sam
wieder in seinem Zimmer, als das Telefon klingelte und Carlo vom Geheimdienst ihm verkündete, daß nun alles geklärt sei und sein Paß unterwegs ins Hotel sei. Er entschuldigte sich über-
schwenglich für die Unannehmlichkeiten, die
ihm, Sam, wiederfahren wären, wünschte ihm
eine gute Weiterreise und einen angenehmen Fe-
rienaufenthalt auf Ischia.

Sam packte seinen Koffer, ging dann zu Fuß
zum Hertz-Büro in der Via Sallustiana, fuhr wenig

später in einem kleinen Fiat am Hotel vorbei, lud sein Gepäck ein und atmete erst dann tief durch, als er Rom verlassen hatte und auf der Appia Nuova in Richtung Neapel rollte. Als er jedoch die grünen Straßenschilder sah, die nach rechts in Richtung Flughafen Fiumicino wiesen, fuhr der Wagen quasi ohne sein Zutun nach rechts hinaus, bog nach zwanzig Minuten vom Raccordo Anulare zum Flughafen ab, nahm die kleine Straße, die zwischen dem Flughafengelände und dem Meer nach Norden führte, bog bei Maccarese nach rechts ab, kurvte durch die Hügellandschaft auf Manziana beim Lago di Bracciano zu, fand wie von selbst den Feldweg, der zu jenem Waldgebiet führte, das er vom Flugzeug aus gesehen hatte und in dem die Lichtung liegen mußte, auf der sich vor ziemlich genau vierundzwanzig Stunden ein Verbrechen ereignet hatte, denn nun war Sam ganz sicher, daß er sich den »Mord« nicht eingebildet hatte, daß er hier ganz in der Nähe stattgefunden haben mußte. So war er nicht erstaunt, als er bald an der kleinen Kreuzung ankam, an der am Morgen die Polizisten um keinen Preis nach links abbiegen wollten, und wenig später stand er vor einem hohen Drahtzaun, hinter dem sich die Wiese, jene Lichtung, in deren Mitte der Mann zu Boden gestürzt war, erstreckte. Sam war sicher,

174

dort noch Spuren zu finden, die sich, da es nicht geregnet hatte, noch nicht verwischt haben konnten. Um dies festzustellen, mußte er aber den Zaun übersteigen, und da der oben mit Stacheldraht gesichert war, sicher kein leichtes Unterfangen. Aber Sam dachte nicht lange nach, zog seine Jacke aus, warf sie über den Stacheldraht und kletterte los, spürte durch den Stoff seiner Jacke die Stacheln, die sich in seine Handfläche bohrten. Sam biß auf die Zähne, es gelang ihm, sich auf die andere Seite zu schwingen, er ließ sich hinunterfallen und landete nicht allzu unsanft im hohen Gras. Ohne zu zögern, rappelte er sich hoch und lief auf die Mitte der Wiese zu. Dann suchte er nach Spuren im Gras, als er plötzlich eine Stimme hörte: »Was machen Sie denn dort? Sind Sie denn völlig wahnsinnig geworden?« Sam fuhr herum und sah einen Mann, und als er näher kam, durchfuhr ihn ein Schreck. Es war niemand anderer als sein betrunkener Bekannter aus der Hotelbar: Nando Simonelli, der Stuntman. Auf einmal hatte er eine großkalibrige Pistole in der Hand, richtete sie auf Sam und schrie: »Weißt du Idiot denn nicht, was du angerichtet hast? Begreifst du das denn nicht?« Dann verzerrte sich sein Gesicht zu einer bösen Fratze, und sein Finger am Abzug krümmte sich langsam. Sam hob die Hände und hörte ein lautes Rauschen, bevor sich ein Schuß löste. Er spürte einen Schlag an der Schulter, verlor das Gleichgewicht, und während er wie in Zeitlupe nach hinten fiel, sauste ein riesiger Schatten über die Lichtung. Das Rauschen wurde zu einem ohrenbetäubenden Geräusch von Jetmotoren, und ein großes Düsenflugzeug glitt bedrohlich niedrig über Sam hinweg. Er spürte noch einen Stoß an der Schulter, er öffnete die Augen und sah dicht über sich das große lächelnde Gesicht der Stewardeß, die ihn wachgerüttelt hatte und freundlich sagte: »Würden Sie sich bitte anschnallen, wir werden gleich in Rom landen.«